パルマの光

アッティーリョ・ベルトルッチ――その人生と作品

序文＝ベルナルド・ベルトルッチ
ジュゼッペ・ベルトルッチ

パオロ・ラガッツィ
松本康子 編訳

思潮社

アッペンニン山脈の高い空の下で、
アッティーリョとニネッタ

カザローラ周辺の山道を友人たちと散策するアッティーリョ

パルマのアッペンニン山脈の草原にて、
婚約時代のアッティーリョとニネッタ・ジョヴァナルディ

アッペンニン山脈の山道に立つ、或るマエスタの許で、
次男ジュゼッペと息子の友人と共に

1992年夏、カザローラの家の前で、
アッティーリョとニネッタ

1990年代、詩人とパオロ・ラガッツィ

パルマの光

アッティーリョ・ベルトルッチ——その人生と作品

序文＝ベルナルド・ベルトルッチ、ジュゼッペ・ベルトルッチ

パオロ・ラガッツィ著《ふと、思い出しながら》から

松本康子編訳

思潮社

Luce di Parma
Attilio Bertolucci
La vita e le opere

Con um messaggio di Bernaldo e Giuseppe Bertolucci

Dal libro di Paolo Lagazzi
"All' improvviso ricordando"

Traduzione e cura
di Yasuko Matsumoto

L'editore Shicho-sha

パルマの光　目次

Luce di parma

Attilio Bertolucci

— La vita e le opere —

Indice

パルマの光

アッティーリョ・ベルトルッチ——その人生と作品

メッセージ

詩は、偉大な詩であるほど、数限りない多くの生命を持っています。絶えることなく、地上、何千キロの遠い距離を隔てた場所にまで達し、また数世紀という長い年数を経ても、詩は常に生まれ返り、生き続けてゆきます。

このように詩は、空間と時間を惑わすことのできる名人なのです。

私たちの父、アッティーリョは、子供の私たちに対して、唯一つの価値を尊重するよう、教育してくれました。

私たちの感情、私たちの感動する心、また私たちの考えなどを忠実に表現することの大切さ、私たちの所持する唯一の非常に貴重な宝物である、私たちの内面性を他の人々に提供すること、などを私たちに教えてくれたのでした。

この度、父、アッティーリョの詩作品が、初めて素晴らしい言葉で綴られて、新しい読者の皆さんからご理解していただけることを、私たちは、本当に幸せに思っております。

ベルナルド・ベルトルッチ、ジュゼッペ・ベルトルッチ

日伊両国の間で

パオロ・ラガッツィ

たとえ私の人生はささやかなものとは言え、僅かな言葉で要約すれば、詩を通して得た出会いにより、その足跡が残されてきた、と云えよう。

さらに私の洗礼名パオロからも、器量や能力のレベルに於いて、私が小さい、という事実を根本的な運命として受け入れていることにもよる。

つまり、パオロのラテン語は、「小さい、不充分、乏しい」という意味から由来するからである。この思いが私に付き纏ったかどうかは分からないが、子供の頃から決して大きくならず、自分の限度を越えないだろうことを承知していたことは確かである。もしかして、まさにこのためにこそ、世界の神秘さや美しさに、私の心を委ねてゆくことの必要さを感じていた、と思っている。あの神秘と美へ照応できるのは、哲学者ではなく、まさに詩人だけなのだから。

私の全人生を通して、自分にも説明できない一つの奇跡のように、イヴ・ボヌフォワからマリオ・ルーツィ、チャールズ・トムリンソンからラッファエッロ・バルディーニ、パオロ・ベルトラーニからマリア・ルイーザ・スパッツィアーニたち、これら煌く星のような素晴らしい詩人たちとの出会いがあった。

だが、とりわけ私にとり、二人の詩人との非常に大切な出会いがあったことである。その一人は、二十世紀イタリア叙情詩最大の詩人の一人、アッティーリョ・ベルトルッチ（著名な映画監督、ベルナルドとジュゼッペ・ベルトルッチの父親）であり、他の一人は、高野喜久雄である。

この二人は、私のマエストロであり、偉大な友情で結ばれた詩人たちであった。彼らの作品を通し、さらに人間的側面に於いても、私に提供してくれたこと全て無くしては、私の人生は異なる様相を呈していただろうし、確かに内容の乏しいものであったに違いない。

アッティーリョ・ベルトルッチと初めて知り合ったのは、一九七二年であった。その前年の七一年に彼の重要な詩集の一つで、刊行されたばかりの《冬の旅》を読んだ直後であった。それまで未知だったそれらの詩に、私はすっかり魅せられてしまった。その時、私の心を捉えた深い感動から、大学の卒論に彼の作品について書いてみたい、という考えが浮かんだばかりではなく、詩人と直接に知り合い、彼と話し合いたい願いに駆られた。彼の家庭環境、日常生活、また彼の抒情詩の生まれたのは、どういう場所で、それらとの繋がりはどうなのか、などを味わってみたい強い望みがあったからである。

この私の思いが叶えられ、知り合った彼は直ぐに協力的な態度を私に示してくれた。その素朴な性格、来客を心から持て成す繊細な感覚、忍耐強く、気さくに話に応じ、優しさを常に失わない人柄。だが時には、やや厳しいと云うか、辛らつな言葉がないわけではない。とは言え、いつも無比のユーモアのタッチで、私たちの間の会話は緩和されていた。

こうして、一九七三年から詩人の亡くなった二〇〇〇年六月まで、彼と妻のニネッタ、息子二人とそれぞれの妻たちとの交際が、間断なく続いたのである。

一九五一年、パルマ市からローマへ転居したベルトルッチ一家は、年間を通し、殆どローマでの生活が多く、夏の期間、パルマ郊外のアッペンニン山脈山腹の小さな村落のカザローラに出かけたり、さもなければ、リグーリア海沿岸の小さな町、テッラーロで過ごしていた。

カザローラには、父親から相続した住まいを持っていた。大きな家は、舞台装置で使われる背景画にとても良く似ている場所に建てられており、そこからは、グロッポ・ソプラノ山から、ブラティカ渓流の野生の谷間までの素晴らしい景観が一望に収めることが出来る。まさにこのカザローラで、非常に長い期間、私はアッティーリョとニネッタの近くで過ごしたのであった。私にとっては、まるで神話的だった、あの頃の思い出に捧げた書物《詩人の家》が、昨年イタリアで刊行された。

アッペンニン山脈で過ごした多くの夏のある時、正確には、一九九五年八月十七日から二十一日までの間に、古い、というよりまさに旧式な録音機（テクノロジーには、全く精通していない私の）で、アッティーリョと私の間で交わされた長い対談を録音した。その際に、詩人の人生と作品に関する重要な時期を話し合いながら、展開するインタビューが、今回、日本人読者のために、本書の中で取り上げられることになったわけである。

ベルトルッチの詩の意義とその重要性を要約して、評論的基準で本書に所収するのは、私には不可能なことである。だが、本書は日本の読者向けに編纂されている。読者はこれらの詩の中に、何か道教とか禅の師匠たちの精神の包含される要素を感取されること、と思っている。つまり、時の速やかに逃走するのに結ばれ、最も価値のなく目立たない事に至るまで、全ての事柄に潜む、あの脆くて悲痛にさえ感じるほどの魅力を見逃さず、透徹した眼差しで万物を観察する態度を見出すからである。

現代のニヒリスト的時流に悉く根本的に反抗する、西洋のごく僅かな詩人の一人が、ベルトルッチなのである。無や死から、あるいは影から、絶え間なく脅かされる万物の次第に消え行く特徴を、彼は決して見逃さない。とは云え、過去には病気の体験を持ち、また深い困惑（《冬の旅》に収載される、非常に悲痛で怯えるようなテキストに見られるまで）からも、彼の言葉にその痕跡が残されている。それにも拘わらず、存在することの不可思議、単純な物事を尊重し、平日の陽光に視線を向け、愛着心を籠めた偉大な賛歌を自己の詩を以って、高々と掲げることができたのであった。

この特徴があるが故に、ベルトルッチの詩は、非常に豊かな日本人の心には震動し易く、さらに柔軟な心で耳を傾けることのできる日本人の感受性に深く浸透して行けること、と信じてやまないのである。と申し上げるのも、自然の説得力や神秘に胸を高鳴らす、あの激しい感動に、かくも強烈に根ざし、禅の精神に深く結ばれた日本叙情詩の伝統に比べると、ベルトルッチの詩を読めば、何か通じ合うものを感じるに違いない、と私は思うからである。

ベルトルッチについて語りながら、日本詩やその精神世界に少し触れることができた、とすれば、それは偶然なことではない。一方では、何年間も、有名なパルマの詩人の周囲を、私の運命は私を循り廻らせていたのは事実だが、他方では、どこかで日本人に通じる心を持ち、多くの方法を介して、自分を勇気付ける態度を取っていたことである。

日本との最初の出会いは私の七歳の時だった。かつてソプラノ歌手だった母親が、私と私の弟コッラードを、パルマのテアトロ・レージョに連れて行った時だった。（この劇場は、イタリアで非常に有名なオペラ劇場の一つである）プッチーニ作曲の《蝶々夫人》のオペラ観劇のためである。勿論、そのオペラから展開される日本の姿は、確かに空想的な世界に過ぎなかった。それでも、繊細で心を刺すような詩で展開される悲劇物語は、私の心にカルマの種のような何かが根付いたようだった。

その後、大分歳月が経ち、——一九七八年、私が三十歳になる頃だった——、その種は、名も無く、訳も無く、細いが強靭な潅木の形を採りながら、不可視の地上から芽生え始めよう、としていたのであった。まさにその頃、禅宗との出会いがあったのである。著名な泰仙《たいせん》弟子丸老師《でしまるろうし》から伝承され、イタリアでは、彼の弟子の泰天《たいてん》ファースト・グヮレスキ師により実践されている、曹洞宗の伝統に従い、座禅を実践し始めた。

　自己の意義に基づき造られた西洋文明の世界に対し、新しい世界、完全に全く異なる方法で天地と調和しながら呼吸して、時の中に身を動かし、人生に直面してゆくこと、などの啓示をただちに受けたのであった。このように禅の教えを受けてから、日毎にますます全てが一層鮮明になり、本当のものになり、心が軽快になって行くように思われた。

　ともあれ、その教えはベルトルッチの詩とは、全然反するものではなく、むしろ敬意に満ち、順応性と注意力で自覚を持ち、彼の作品をより良く『理解』して、また自由自在にそれらの作品を横断して行くのに、役立ったことである。

　その後、歳月を経て、伝統的禅の発見は、高野喜久雄との出会いに繋がるようになった。たとえ、大変遅い時期にその好運を得た、とは言え、ベルトルッチの発見と平行して、もう一人の偉大な詩人と得た友好は、私にとり、少なくとも決定的であり、非常に豊かで、啓蒙的な出会いとなったことは確かである。

　高野喜久雄との最初の出会いは、一九九八年の夏、中部イタリアのラクイラ県内のとても美しい場所に位置する、ペスココスタンツォの町に於いてであった。この町で、詩と音楽、彫刻の国際フェスティヴァルの催物が行なわれた時、高野はフェスティヴァルに招聘されたのであった。

彼の温和な人柄には、何か伝説的で雄大なものがあった。細く軽快な身体付きとは言え、その全ての動作には、悲痛なほどにまで感じられる、究極的な強烈さが秘められていた。寛大な心で直面する苦しい状況、一つの身体に具現された詩人の宿命に耐えながら、内面的な深さのある、非常に人間性に富む度量の広さの滲み出る詩人であった。

その思い出の夏から僅か数年（高野は二〇〇六年に急逝）の間に、イタリアと日本で、何回も彼との再会の機会に恵まれた。私たちのコミュニケーションには、松本康子の素晴らしい通訳を介して、私たちの会話の趣意をさらに一層深く究めながら、互いに話し合うことができたのであった。さもなければ、単なる互いの眼差し、微笑み、沈黙などを通してでも、互いに理解し合えたことであった。

松本女史に協力して、高野の詩作品のイタリア普及に貢献したが、詩人との親愛感に強く結ばれて、この魅力的な夫人との間にも、やがて仕事を通しての偉大な友情が得られたことを見逃したくない。

何よりも先ず、松本康子は大変注目に値する音楽家（高野のテキストに作曲された彼女の歌曲は、私が今まで聴いたことのないほど、とても素晴らしく感動的な曲）であり、さらに非常に優れた声楽家である。ところが、音楽分野に於ける彼女の活動は、さらにジュゼッペ・ヴェルディの書簡集、他の多くのイタリア人音楽家に関するさまざまな評論を、イタリア語から日本語へ翻訳、刊行実現への方向へと、彼女を至らしめたのであった。音楽分野での多義に亘る、このように弛まない熱心な研究意欲により円熟された彼女は、その情熱的な感受性の許で、いかなる翻訳家にとっても、大変難しい課題となる、詩人の言葉を、或る言語から他の言語に「転換する」試みを行なった。まさに、彼女のこの困難な仕事のお陰で（私や他のイタリア人同輩たちは、僅かとは云え、彼女の仕事に助力したが）、ここ数年来、イタリアの多くの人たちが、高野喜久雄のような素晴らしい詩人の作品を愛読できるようになったのである。

さらに今回、彼女の努力のお陰で、日本の読者がアッティーリョ・ベルトルッチの言葉を聴くことが出来るわけである。

私たちの時代には、これらの文化交流、互いに理解し合える心と心の出会いは、以前にまして更に一層必要となっている。現に、余りにも頻繁に、無理解や偏狭的な考え、心の貧しさなどの邪悪的行為のため、世界が激しく動揺しているからである。詩の言葉を通して、出会いの心が一新される度に、人間としての私たちの存在の意味もまた、生まれ変わってくるのである。その時にこそ、ベルトルッチの一詩行を繰り返しながら『僕らが来たかったこの場所に来た』と云い得るであろう。

まさに詩だけが、本当に私たちの生存すること、住み慣れた家に居る感じ、などを私たちに与えてくれて、新鮮な息吹に再会するよう、助けてくれるからである。

パルマの光

第一章　人生の概観

二十世紀イタリアの偉大な詩人、アッティーリョ・ベルトルッチは、イタリア北部のパルマ市から郊外へ数キロ南西のサン・プロスペロで生まれた。

彼の故国パルマ県だが、初めエトルリア人により建設され、その後ガリア人に占領されて、紀元前一八四年に古代ローマの植民地になった。さらにゴート族、フン族などの侵攻後、東ゴート族王、テオドリッヒの支配下の影響を受けて栄華を極める時代に恵まれた。だが再度、戦禍を蒙り、東ゴートの残軍は、トライラを立てて回復を目指すが、ビザンチン大軍との決戦でトライラは戦死、ビザンチン帝国の支配下に置かれた。

さらに、九〇〇年のマジャール人（現在のハンガリー人）の荒掠による大被害を受けるなど、紆余曲折を経て、一五四五年、ファルネーゼ家出身の教皇パウルス三世の実子、ピエル・ルイジをパルマとピアチェンツァの公爵に命名し、以降パルマ公国は平穏に治世された。一八四五年、ブルボン家出身のマリー・ルイーズは、パルマ公爵のカルロ三世と結婚したが、夫カルロが殺害（一八五四年）された後、息子ロベルトの摂政権を握り、イタリア国家が統一される六ヵ月前まで、公国を統治する。さらにパルマ市は、反ファシズム運動（レジスタンス運動）で、市民たちの間に多くの犠牲者を出したことでも知られている。

さて、アッティーリョの父の名はベルナルド・ベルトルッチ、アッペンニン山脈地方出身の祖先を持つ、いわゆる大地主の中流ブルジュワ階級に属していた。一方、母の名はマリア・ロッセッティ。パルマ市より北東部に流れるイタリア最長の川、ポー川沿岸地方出身の豪農の娘である。

アッティーリョは、ベルナルドとマリア・ロッセッティの間に生まれた第五番目の息子である。彼の生まれる前には、男の子ジュゼッペ、次に女の子ジューリアが生後間もなく死亡した。三番目も女の子でエルサと名付けられ、大変可愛がられたが三歳で死亡。その後、四番目の息子ウーゴが（一九〇七年に）生まれ、その後にアッティーリョが一九一一年十一月十八日に出生した。

アッティーリョ・ベルトルッチの人生が一層明らかに読者に伝わるよう、本章では、詩人が様々な折に行ったインタビュー、彼の著書、書簡などを通して、率直に述べた彼の言葉を、そのまま挿入しながら年代順に見てゆこう。

『パルマ市から五・六キロ離れた町の、素晴らしい「地主の家」に生まれました。この「地主の家」と云う呼び名は、当時、農民たちの住まい「田舎家」と区別するために用いられていた名称です。このことは、所有主でもあり、良く耕された豊饒な土地の管理者の息子であることを意味しています。実際、私の両親の家族は二人とも、いわゆるブルジョワ階級亜流に由来する大地主のブルジョワに属していました……。

パルマ県の一部にアッペンニン山脈が横たわり、その麓の草原は二キロに及び、川沿いの地帯は、当然にして「低地」と呼ばれているわけです。私の父親は、標高千メートルにある村、カザローラで生まれました（この村は、ある時点で、私の詩作の中に登場し、繰り返しそこへと戻ってゆく場所となります）。

私の母親は、ピアチェンツァ県のコルテマッジョーレ市の出身で、ここは、ヴェルディで有名なブッセート市にとても近い処で、またポー川にも近い場所なのです。この二人を両親に得たことは、まさにぴったりだった、と思います。血液の割合においても言えることです。つまり、母方家族の過度な食品摂取のための濃すぎる血液は削除されねばならない、とか言われ、—つまり、ぶどう酒製造用語を使えば—、アッペンニン山脈の最も乏しい血液に比べて』（ミラノ・ラ・サラマンドラ社一九八〇年刊行、《アッティーリョ・ベルトルッチ・詩人の人生》から）

一九一二年、パルマ市に近い、アントニヤーノの農園に家族一同で転居。ここでアッティーリョは六歳まで、両親と兄のウーゴと共に幸せに成長してゆく。

『私は、六歳まで田舎で育ちました。パルマの美しい農園は子供にとり、あの、一種の楽しい天国ともなるわけです。住宅というか、ちょっと屋敷と思って頂いて結構ですが、その建物を取り囲む庭だけではなく、幼児の眼から見て、限りなく続く広大な耕作地も、遊び用には、もってこいの場所でした。』（《詩人の人生》）

『……詩集《寝室》の中に〈お伽噺と散歩〉と題する詩章がありますが、アントニヤーノの家の庭は、子供のアッティーリョの目にとって、ちょっと不思議な場所に映り、家庭的雰囲気なのはほんの一部で、残りの場所は非常に神秘的なものがありました。私には、少なくともこのように思われたのは事実です。［中略］私には、信じられない事の多い、それは素晴らしい庭でした。例えば、「ミューズ」と呼ばれていた棕櫚の木が何本かあって、冬になると、幹の周りに麦わらを巻いて寒さを防いでいました……』（パルマ・グァンダ社一九九七年刊行、ラガッツィ著《ふと、思い出しながら》）

一九一六年アントニヤーノで、当時五歳のアッティーリョは、彼の洗礼の代父をした司祭のアッティーリョ・トラマローニ師から、彼の詩《ブラティカの川音》を聴かされる。彼は古典文学の愛好家で、アッペンニン山脈地方（ベルトルッチ家の住むカザローラから、ほど近いモンテベッロ村）の出身である。その時、神父からトルクワート・タッソ[*1]の《解放されたエルサレム》の古い書籍一冊がプレゼントされる。そして、その本の端に『僕のトルクワート、僕を見捨てないで』と記載するのである。

一九一八年、前年の一九一七年から通い始めたばかりの小学校は、家から遠すぎるために、パルマ市の国立マリー・ルイーズ寄宿学校に行くことになる。ここには、既に数年前から兄のウーゴも寄宿していた。両親と彼の「楽しい天国」から遠ざかることは、彼の心を深い悲しみに陥れた。その悲しみを少しでも癒やそうとして、最初の読書を試みて、サルガーリ[*2]やヴェルヌ[*3]までの一連の書物を耽読する。

『寄宿舎では、教科書以外の本を持つことが禁じられていました。寄宿代には、電気代が含まれていないので、夜中の読書という、この個人主義的な贅沢は許されませんでした。ベッドの硬い枕の下に本を隠して、寝ながら読むのは難しいことでしたよ。消え残った蝋燭の灯りで、何とか切り抜いていました。パルマのマリー・ルイーズ寄宿学校時代に、舎監から発覚されないか、と心臓をドキドキ高鳴らしながら、隠れてサルガーリの本を貪り読んだほど、魅力的で熱狂的になった本の思い出は、その後なかった、と言わねばなりません。』（ベルトルッチ作《不整脈》収録の、〈夜のための本〉から）

同年、彼は初めて詩作を試みる。恐らく、家族から離れている寂しさを紛らわせるため、読書に続く第二の、しかも決定的な心の癒やしとして試みたのかも知れない。

『この天職、つまり詩作への欲求は、私の両親やチンギョの堤防に近い家から遠くに離れていなければならない事に由来したのでしょう。』（チボットのインタビュー、《文学バザー》（一九五五年））

小さな詩人、アッティーリョの詩作品を最初に読んだ人は、学校の先生であった。その事について、詩人は次のように思い出を語っている。

『……詩を書き始めました。それで、舎監が眠っている間に、先生の部屋に大急ぎで忍び込み、開けっ放しの窓辺に詩を書き込んだ紙切れを置いて逃げました。この教師は、イタリア南部出身の人で、褐色がかった顔にどこか上品な感じが漂い、弁護士になるための勉強をしていました。その先生が、私の詩を読んでくれれば本当に嬉しい、と思ったからでした。それでも、先生には、敢えて詩を見せる積りでもない、風が彼の窓辺に運んだようなフリをしていました。何故だか解りませんが……』

『……先生は、彼の部屋に侵入したことを恥しそうに弁解する私の嘘を良く思ってくれて、一種の諦めのような、愛情深い眼差しと忍耐で、それらの紙切れを手にしていました。その後、詩に対する大半の人々の態度を見ると、大人になってから書いた詩に対しても、あの時の態度と何か非常に良く似たものがあるのに気づきました。』（《不整脈》中、〈詩論〉）

『あれから大分歳月が経った今、フロイドの書いた本には、小学校の先生とか、中学、高校の教諭は、父親から離れるのを強いられた子供にとり、父親の代わりになる、と述べているので、この小さなエピソードは、それに関連して考えております。明らかに子供の私にとり、この先生は非常に大切な人でした。先生には、どうしても私の詩作品を読んで貰いたかったのです。ところがその一方では、先生に対する一種の恥じらい、と云うか、遠慮もありました。そのために、それらの詩には名前を書かなかったのです。詩人としての、私のこの早熟なスタートを見て、その後、全人生を通して私に付き添うように随う、パーソナリティの二つの要素が明瞭に現れていることです。一方では、詩を書くこと、それを読んで貰うことの必要性、他方では、隠れていたい気持ち、詩の欠点や罪業を示したくない思いがあるわけです。』（《詩人の人生》）

一九一八年に寄宿舎生活を始めた頃のアッティーリョは、初めてヴェルディの音楽に接する。同じパルマ県内の寒村、レ・ロンコレで生まれたジュゼッペ・ヴェルディは、イタリアが生んだ最高の音楽家である。さらに同郷人にとり、伝説的英雄の一人としても崇められているくらいである。その時の印象を思い出して語る詩人の言葉を次に聴いてみよう。

『七、八歳の頃でした、ヴェルディ音楽の手ほどきを受けました。年齢的にも適切な年頃か、と思われます。パルマのマリー・ルイーズ寄宿学校の生徒の私は、両親や豊かな田園生活から完全に離別する悲しみと共に、勉強への第一歩が容易ではないことに苦しみました……。そんな頃、宗教的、と云うよりむしろ、軍隊的な簡素な制服に身を固めて、私たち子供らは、合唱曲を歌わされたのです。とても真面目になって、〈行け、思ひよ、金色の翼に乗り〉[*4]を歌い始めました。こうして初めて、音楽に接したのでした。その音楽が、まさにヴェルディだったのです。最初に触れた音楽はワーグナーではなかったのですが、それでも一度、テアトロ・レージョのマチネに学童たちは連れて行かれました。その理由は、ワーグナーの《パーシファル》の上演中、劇場のボックス席は、いつもがら空きなので、少し座席を埋めるのが目的で駆りだされたわけです……』（《不整脈》の〈ヴェルディ奇想曲〉から）

一九二〇年から一九二一年にかけて、一年間、母方の祖父、ジョヴァンニ・ロッセッティに付き添い、サルソマッジョーレ[5]に行くために休学する。その時得た体験、特にサルソマッジョーレのグランド・ホテルのリバティ様式[6]での装飾は、彼の心を捉え、恍惚となる。続いて、プレティ兄弟（モデナ市の手遣い人形師）の人形劇にすっかり熱狂してしまう。

『毎日、午後になると［……］、人形劇を充分に堪能することができました。その後の劇場用テキストのため、あの頃の経験を書くため、メモしておくべきだったかも知れません。ところが、その頃は、全く考えも及ばないことでした。完成の日を見なかった劇作品《ラオダーミア》用の合唱曲の断片を除き。』（《不整脈》）

一九二一年、アッティーリョは、家庭に戻り、アントニヤーノからバッカネッリの農園に家族と共に引っ越しする。バッカネッリはパルマ市から数キロ離れた場所にある。また、一九二二年から二三年の頃、ベルトルッチ家の古い住まいのあるカザローラに初めて行った。当時の思い出を次のように語っているので、転載してみよう。

『鮮明には憶えていませんが、確か一九二〇年、二二年か二三年頃だった、と思います。当時、「出発する」ということは、一つのイヴェントに思われていました。蒸気機関車に乗ってランギラーノに到着しました。列車は全部で三両編成で、けたたましい汽笛を鳴らして走っていました。ランギラーノからは、モンキョ行きの駅馬車が利用されました。この旅は、五時間かかって、正午頃にモンキョに到着し、その町の親戚の処に一晩泊まって、そこからは徒歩でカザローラまで行かねばなりませんでした。道と言えば、けもの道しかありませんでした。私たちの家に着いた時は、もう夕方でした。家の前から眺める景色は壮観で、私の目の前には、この世のものとは思われない夢のような光景が開かれていました。カザローラの土地に住む数人の女性は、その人生を通して、ランギラーノやパルマに行ったことがなく、またその町の名前は聴いた事がある、という人もいます。経済活動は完全に閉鎖されており、ワインはありませんでした。それで、私の父は、小さな酒樽にして家からワインを送っていました。私たちのところでは菜園があり、小作人たちがおりました。』（一九八九年八月九日付《ガッツエッタ・ディ・パルマ》紙上のインタビュー）

一九二四年から二五年にかけてアッティーリョは、新しい文学作品の耽読に情熱を燃やす。ダンヌンツィオの《ラウダ》について、彼は『あの新しい韻律に、私はすっかり興奮しました。少なくとも私にとっては、精神的なものと云うより、多分感覚的なものかも知れませんが』と述べている。さらに、ボードレールの《悪の華》、ホワイトマンの《草の葉》、その他大勢の作家、例えば、メーテルリンクからイプセン、ホーソンに至るまでの翻訳作品を貪り読んだのであった。

一九二五年になると、アッティーリョとウーゴが、マリー・ルイーズ寄宿学校に外部からも引き続き通学できように、との配慮から、家族は一時的にパルマ市に転居することになる。その年、発売されモンターレの詩集《烏賊の骨》初版を購入した少数のイタリア人読者の一人になる。

『……パルマには、素晴らしい書店があり、リバティ様式のホテル・クローチェ・ビアンカの側にありました。この書店で、心臓が少しどきどきするのを感じながら、《烏賊の骨》の頁を捲り、盗み読み

した後に詩集を購入しました……』（一九七六年十月十日付《ラ・レプッブリカ》紙）

その年の秋、家族とともにヴェニスへ旅行する。サン・マルコ広場の大きな書店で、ピカソに関する本（タイトル不明）一冊と、プルーストの《失われた時を求めて》を購入し、即座に読み始めた。

『……すぐに読み始めました。学校で一年目のフランス語の授業を受けただけでしたが、もう夢中になってむさぼり読みました。私の両親は、ホテルの部屋から私を外に連れ出すことができませんでした。幸いなことに、ホテルの部屋に閉じこもることができたからでした。ヴェニスやそのモニュメントなどは、どうでも良かったのです。私の唯一の願いは、あの西洋サンザシや母親のキスなどの物語を静かに読み続けることでした。』（《詩人の人生》から）

同じ、一九二五年、マリー・ルイーズ寄宿学校で、チェーザレ・ザヴァッティーニ[*7]に出会う。彼は中学三年の代用教員として、この学校に赴任してきたのであった。

『……私たちの文学の教授が病気になり、その代理として、ポー川流域のルーマニア人のような、角ばった顔立ちの変なタイプで、私たちのラテン語の授業を退屈させないため、また教えないため、さまざまな限り無い名案を工夫していました。大学の法律部に籍があって、政治に専念していたので、ファシストたちから、殴られていました……』

一九二五年から二六年にかけて、ピエトロ・ビヤンキと知り合う。アッティーリョよりもいくつか年上のビヤンキとの交友を通して、映画を初めて観に行く。

『[ライブ]で、言葉の新しい表現が生じてくるのに、情熱的に参加すること、——そのボキャブラリー、その適切なシンタックスと共に——　たとえ僅かしか貢献しないにせよ、殆ど全ての映画は、それに対して何かを示していたのです。まだ研究と実験の時代でした……（中略）。ああ、あの頃、この観点から見れば、本当に素晴らしい時代でした。二度と繰り返せない時代です！私たちは、無声映画最後の情熱に燃えた観客でした。まさに、トーキー映画の「到来」——と言われるように——の訪れる前夜だったのです。当時、イメージは表現の最大限に達したのです。』（一九八七年七月、二十号、《ベレニーチェ》掲載のベルトルッチのインタビューから）

アッティーリョとビヤンキの二人は、チャプリンの《黄金熱》の映画を観に、ザヴァッティーニを連れて行き、彼らの映画熱を伝染させた。

『その頃ザヴァッティーニは、映画を副産物と考えていました。恐らく少し下品だ、と見做していたようです。それにも拘わらず、ピエトロ君と私は力ずくで《黄金熱》を観に、彼を引き摺り込んだのです。その前日の夕方、その映画を観た私たちは、すっかり恍惚となったからでした。映画を観た後、ザヴァッティーニは、まるで聖パオロのように、天からの光で眼が眩んだようでした……』（《ベレニーチェ》掲載のインタビュー）

高校一年に進級した一九二七年、アッティーリョの新しいクラスにニネッタ・ジョヴァナルディがクラスメートにいた。

同年、パルマのシネマ・エディソンに、ミュローの《夜明け》の上映予告があった後に、フィルムの映写日が一日延期されることになったことで、アッティーリョは発熱を起こすほどの反応を示した。その時の様子を語った一節を次に紹介してみよう。

『僕より少し年長の友人二人（この一人はピエトロ・ビヤンキで、その後、映画評論家になりました）

と僕は、映写初日の第一回上映に時間通り行きました。すると、フィルムはボローニャから未だ届いておらず、いずれにせよ、翌日には確かに届くだろう、と云うのです。僕の友人はタバコに火を点けて、互いに回して吸い合いました。僕は家へ帰りましたが、熱さと寒気に激しく捉われて、身体に熱を感じました。熱を計ると三十八度以下でしたが、あの体温の上昇は――恐らくヒステリー現象として分類できる――、とにかく、その失意の程が充分に是認できることです。その翌日、フィルムが届いたことを確認してから、いつものように再び映画館に行きました（後略）』（《詩人の人生》）

一九二八年になり、アッティーリョは、ザヴァッティーニが編集長を務める《ガッツェッタ・ディ・パルマ》新聞に寄稿するようになる。ザヴァッティーニが彼に貸した文学誌《バレッティ》の五月号掲載のウールフの《ドッルウェイ夫人》の一節に、また、《二十世紀》の誌上で読んだことのある、ジョイスの《オデユッセウス》の文節に見られたように、新しい自由な物語文学に意味を見出すのである。

『詩の他に、小説が書ける夢を見させてくれました。プロットを考案し、心理描写を定める必要がないように思われました。とは言え、開放感と云うか、時の経過に任せて街を散策することが、奇跡的に展示できることを発見して、驚きの目を瞠《みは》ること、などでした。パルマは、ロンドン以上に華麗な街になり得るのでした。むしろ、センセーションなものを追い求める者にとり、そう、感じるものでした……。街に注意を向ければ、必然的に詩作品の中に伸し掛かってくるのでした……』（《詩人の人生》）

一九二九年三月十二日、詩集《シリウス》が友人の出版社から刊行される。この詩集を読んだジャンシロ・フェッラーラが、アッティーリョ宛に次のような書簡を送り、その感想を率直に述べているので読んでみよう。

『……《シリウス》を読んで、大変嬉しい……。貴方の詩は、ある日、モンターレから読ませて貰った僅かな作品しか知りませんでした。ところが、詩集を手にすることができて、今は、『天才少年』がいる……と云うことが確かです。ウンガレッティや他の詩人たちは、全く関係ないのです！（このことは、誰にも言わないでください）既に在るベルトルッチが関係するのです。正確な概要で、とりわけ全般的な印象としては、極めて内面的な世界、青春期などが、絶え間なく繊細で、また幸せに満ちたタッチで描出されていることです……』（一九三〇年六月十日付、未刊書簡）

同年の十二月、刊行物《ソラリア》の予約購買者のアッティーリョはその十二月号に掲載された、エリオットの《シメオンのための歌》を読み、激しく感動する。翻訳は、エウジェニオ・モンターレであった。

この同じ時期に、彼の「疾病恐怖症」が現われ始める。

『私は健康そのものの身体で、風邪一つ引いたことがありませんでした。初めて風邪を引いたのは一九二九年で、その年は非常に寒い冬でした。コンコルダート[*8]が締結された年でもありました。結核の話を聴いており、その病で出血することも知っていましたので、口から血を吐いた時、驚き、警報を鳴らし始めました。肺結核に罹った、とばかり思っていたのです。その時以来、自分の健康に不安を抱く、この「疾病恐怖症」が始まったのでした』（一九九〇年三月十六日付、《メッサージェーロ》紙上のインタビュー）

一九三〇年の夏、家族の避暑地として、フォルテ・ディ・マルミ[*9]を選び、一九六六年まで避暑地として、この場所で毎年過ごすことになる。

『一九三〇年代初期の思い出が、一番素晴らしいものがあります。というのは、ニネッタとの恋が芽生え、彼女との絆がさらに固められたからです。本当に、フォルテ・ディ・マルミは格別な場所でした。汽車はそこまで到着しませんでした。恐らく、このためにもインテリたちに好まれて、彼らは頻繁に出入りしたわけです。ガッリ書店に行けば、トーマス・マンとかアルドス・ハクスリに出会えたのですから。あのヴェルシーリア[*10]で、友人たちとホット・ジャズを見つけたのです。本当にちっぽけな「小屋」の中で、エッリントンやアームストロングなどのレコードを友人たちと聴きました。今でも、昔の蓄音機を思い出します……』（《ガッツェッタ・ディ・パルマ》一九九〇年八月一日付のインタビュー）

『フォルテ・ディ・マルミはヨーロッパで最も洗練された海水浴場でした。とっても素敵な場所で、世論に捉われない人達がいたからです。女の子たちは靴下を履かず、手袋も嵌めていなかったのです。僕たちは（夕方でも）布のズボンを穿き、素足でサンダルを履いていました……。一度、パルマの友人がタキシード姿でやって来ました。「えーい、気が狂ったのか？」と彼に言いました。「君のこと、給仕だ、と思われるぞ！」と。当時は、あの花々で飾られた並木通りや、浜辺の木製小屋の辺りで、殆どのイタリア貴族階級の人々に出会うことができました。アニェッリ家[*11]の娘たちが髪の毛を風に翻して、自転車に乗っている姿を眺めるのは、童話のような気がしたわけです。（一九九一年七月七日付、《ラ・スタンパ》紙のインタビュー）

その年の十月、ザヴァッティーニはミラノに転勤する。彼とアッティーリョの間での文通が始まる。（その書簡の中で、アッティーリョのことを「ベルトルド」と呼ぶようになる。このニックネームは、パルマ時代の友人たちがアッティーリョに命名したのであった。そして、彼らの文通は長く続いて行くだろう。

一九三一年、パルマ大学の法学部に入学する。四年間この学部に籍を置くが、殆ど通学せず、四年間に二科目の試験を受けただけであった。

アッティーリョは詩を書き続けており、ミラノから手に入れたジャズのレコードを聴いて暮らしていたのである。

『バッカネッツリ[*12]の生活は穏やかで、さらに勉強が重苦しく、考えることの方が多いです。夕方になると湿気を帯び、言い尽くせないマリンコニーを感じさせる樹木の間に反映する淡い光は、甘美な思いを誘います。沈黙は詩作を熟考するのに大変役に立ち、その中に心を揺れ動かしています。稀に、ルイース・アーモストロングのぞっとするようなトランペットや、ジョー・ヴェヌーティのヴァイオリンの音が響き渡っても、その静けさを決して破りません。彼らの音楽を聴くと、僕は興奮してしまい、陽気になります。すると、僕の想像力を刺激するのです。太陽、現実、存在にエッセンスとなる歓びです。ミシシッピー農園で働く木綿の荷揚げ労務者の一人になりたい位です。』（一九三一年四月五日付、チェーザレ・ザヴァッティーニ宛の未刊書簡）

一九三三年──一九三四年の間に、アッティーリョはニネッタと婚約する。

その頃、ニネッタは大学の授業を受けるため、ボローニャに滞在していた。その彼女に宛てた手紙の数は非常に多く、「一日一通」と言われる。

アッティーリョは肋膜炎を患い、最初の不整脈の症状に気づき始めた。

『一九三三年の秋頃から、三四年にかけて肋膜炎にかかりました。この病から肺結核に進行することがたいへん頻繁に起るわけです。どんな治療をしていたか、と言いますとね、多分想像かも知れませんが、あの頃の治療は全く不充分で、信頼のおけないもの、という感じがして、今の医者は微笑みますよ。毎朝、臨時に入手したカルシウムの静脈注射を打ちます。これは、余りいやな程まではゆかないけれど、口の中が熱くなるのです。その後、朝食、昼食、おやつが一杯あって、夕食は少し減量されます。これは睡眠中の消化に障害を来たさないよう、夜には多く食事を取らさないわけでした。そのほかは、特に身体を安静にしていることでした。つまり、ベッドに縛り付けられているわけです。また、午前と午後の三十分間は、ガウンを着てソファーに身体を埋めるわけですが、気分転換には全然、効果のないことでした。僅かだけでも身体を無理すると、脚が疲れ、肩の痛みが起こるからでした。そういう訳で、ベッドにいるしかありませんでした。その三十分の時間が経つ前に、私はもうベッドに戻っていました。

二十歳の青年がベッドに縛られていることは、さぞかし退屈だろう、とお尋ねになるでしょうが、読者の方には安心して頂けます。と云うのは、肋膜炎患者には、この処罰のしようがない悪癖、つまり読書が許されていたからです』（一九八一年三月三十日付、《ガッツェッタ・ディ・パルマ》紙）

この期間にアッティーリョが読んだ主な本は推理小説である。

『推理小説を初めて読んだのは、ひどい肋膜炎に患ってしまった時、医者がベッドに僕を縛り付けたからでした。メーソン、ヴァン・ダイン、アッリンガムなど、僕の神経のバランスを回復させてくれたことで、充分に感謝しなければなりません。しつこい微熱とか、たとえ治らなくても、結核を起こす時点にまでいた二十歳の若者にとっては、有り難いことでした。』（《不正脈》）

一九三四年、フィレンツェの「リットリアーリ文化」のコンクールに参加する。シニスガッリに続き第二位に入選した。参加作品は抒情詩で、その後、詩集《十一月の火》の中に、〈再び、眠れる美女〉のタイトルで収載されることになる。

『リットリアーリの件なのですが、実際はこうだったんですよ。コンクールはGUF[*13]に加入している学生に限られていました。ところが、シニスガッリは、その時、既に大学を卒業していたので、参加できないわけでした。私は、未だ学生だったのですが、ファシストの団体には加入していませんでした。パルマのGUFの秘書は、そのコンクールの審査委員長をしていたウンガレッティが、私を知っており、他の書類の必要なく第一位を授与するだろうから、とにかくそのコンクールに参加しなければならない、と言ってくれました。ところが、ミラノのGUFに参加していたシニスガッリは、私に一位の席を辞退するよう、頼んできたのです。私は大分前から、彼との交友がありました。それで、彼に「ああ、良いよ、僕にはどうでも良いことだから」と言った訳です。』（一九九四年十月―十一月号《エコス》のインタビューから）

この年、友人のアレッサンドロ・ミナルディの出版により、詩集《十一月の火》が刊行される。ミナルディは、処女版《シリウス》の刊行を行った出版業であった。

詩集の書評を執筆したのは、ソルミ、モンターレ、ガット、ウンガレッティなどの著名な詩人、評論家たちであった。

『昨日、グランデと《十一月の火》について話しました。もちろん、僕らが考えていたことは、全て良い点についてばかりです。グランデは、社交クラブのサークルで話題になるよう、望んでいますが、誰に助力を求めるか? [中略] ローマに来ませんか? 貴方と少し話し合えれば嬉しく思います。一緒に、《十一月の火》を読み、本当の詩が存在することを、私が貴方に言えるチャンスになる、と思います。』(一九三四年七月十七日付、ジュゼッペ・ウンガレッティからの未刊書簡)

一九三五年になり、法学部を退学し、ボローニャ大学の文学部に入学する。この大学に、ロベルト・ロンギ[*14]が講義していることに心が惹かれたからであった。
『……ボローニャの近くに、偉大な美術史家のロベルト・ロンギと云う彗星が落ちた、と思い、その歴史の古い大学に通う必要がある、と考えたからでした。パルマ大学で無為に過ごしたお陰で、大学二年生入学が許可されました。さらに、ロンギについては、《ピエロ・ディ・フランチェスカ》と《フェッラーラの工房》などの彼の著作を読んでいたことを付け加えねばなりません。あの頃には、ロベルト・ロンギのような、職業的にみて美術通の評論家だけではなくて、魅力的な文学界の中心人物は、イタリアには誰もいませんでした。ボローニャ大学での三年間は、私にとり非常に重要な期間でした。一回も欠席せず、ロンギの講義を聴きに行ったばかりではなく、聴講生の中には、ジョルジョ・バッサーニ、フランチェスコ・アルカンジェリ、アントニオ・リナルディ、フランコ・ジョヴァネッリ等がいて、彼らとの深くまた長続きのする文学仲間が生まれたからでした。』(《詩人の人生》)
同じ一九三五年、ボローニャでアッティーリョは、ニネッタと共にストラヴィンスキーのコンサー

トを聴きに行く。（第二章、その三参照）

一九三五年から一九三六年にかけて、グァンダ出版社の社主で、モデナ市出身のウーゴ・グァンダリーニは、パルマ大学の記載岩石学、並びに結晶光学の教授に任命され、パルマに転居してくる。彼とともに、一九三〇年から四〇年代にかけて、多くのインテリや作家たちがパルマ市に移転してくる。こうして、ベルトルッチの街は、戦前、戦時中のイタリア文化の交差点となってくるのである。

一九三六年になりアッティーリョは、パルマ市に借家住まいをして、街とバッカネッリの間を往復しながら数年間過ごすことになる。

そして、夏と秋の間は、文学部卒業間近のニネッタの卒論の手伝いをする。ニネッタはカトゥルス[*15]についての卒論を書いていた。

『いまカトゥルスと推理小説ばっかり読んでいます……』（一九三六年七月二十八日付、ザヴァッティーニ宛の未刊書簡）

『……僕にとり、夏と秋は僕の彼女と卒論に没頭しただけでした。ある脅迫観念に捉われて、いくら快適感を共有しても、やはり随分苛まされました。ドイツ人的なタイプの厳格な教授の許で、ラテン文学の卒論を準備しました。結果は大変良く、最優秀の成績を挙げました。その論文のお陰で、カトゥルスのような偉大な詩人を良く知ることができたのですが、その期間中、朝から晩まで仕事に精進して、他のことをなにもすることが出来ませんでした。』（ザヴァッティーニ宛の日付なし未刊書簡）

一九三七年パルマ市にアルド・ボルレンギが到来し、一九四九年まで滞在するだろう。アッティーリョの友人ピエトロ・ビヤンキと一緒に「パルマのチネグフ」を創立する。（ビヤンキと共謀して）オブザーバーとして、「リットリアーリ」の新しい催し物に追従するようなふりをして、ローマにニネッタと一緒に旅行する。実際には、その催し物には参加せずに、ヴァカンスを楽しんだのであった。

同年のクリスマス・イヴの前日に、彼の最愛の母マリアが四十九歳で、肝臓病で死亡する。

一九三八年以降、ミラノ在住の詩人ヴィットーリオ・セレーニ[*16]との交友が始まり、その後、二人の詩人の間で深い友情が生まれることになる、と云うのも、セレーニは頻繁にパルマ市へ訪問しており、時代と共に、その交友関係が強化されてくるからである。

同年、フィレンツェの詩人マリオ・ルーツィ[*17]が、パルマ市で教師のポストを得、移転して来て、二年間滞在することになる。

『第二次世界大戦前の不安定な時代に、ルーツィは新任教師として、パルマへやってきました。当時の私たちの街は、それは素晴らしいものでした（中略）皆でカヴール通りにやってくると、マリオはカフェ・センターの小さなテーブルに座り、カップチーノを飲んでいました。友人たちは、青く澄んだ冷たい空気の中に溶解していました。分厚い水晶の彼方に、脆い青春の永遠のイメージ、それを詩人は、胸がきゅんとなる思いで感じていたのでしょう。私は彼に会いに、そのコーヒー店まで良く行きました。手紙を書いていたり、新聞を読んでいたり、（或いは、そう見せかけている）彼の姿を何回も見かけたものです。いつも微笑みながら、私を心から歓迎してくれました。その彼の姿が、まるで額縁の中に収まっているように、今でも目の前に映っています。あの頃に書いた彼の詩の殆どは、亡命生活の馨りがします。彼にとって、私の街が、絶対者へと手を差し伸べるための黙想の場となり、日々の生活経験に飲み込まれない強い精神性を培うことができたのは、嬉しいことです。その同じ年代に、辻写真家の信頼に任せて、刻々と経過してゆく時間を停止しよう、と私が努力していた、黄金色の季節の側面を、ルーツィの詩集《夜の到来》の中に見出すことができます。』（一九五五年八月十四日、《文学バザー》掲載〈パルマでのマリオ〉）

パルマの街は、同市に在住するインテリ、あるいは旅行中の作家、芸術家たちの活気に満ちる出会いの場となってくる。カルロ・ボーからジャンカロ・ヴィゴレッリ、レオーネ・トラヴェルソからジュゼッペ・デ・ロベルティス、その他に至るまでの人々であった。

一九三八年から一九三九年間のパルマ市で、彼らのたまり場とされていた場所は、喫茶店タナーラであった。

同年、十月にニネッタと結婚し、三六年からアッティーリョが借家住まいしている家で、新婚生活が始まる。そして若い夫婦は二人とも教員として働き始めたのである。彼は、イタリア語、さらにロンギ教授の支持を得て、美術史を「マリー・ルイーズ」の高校で、彼女は、同じ学校の中学校で、文学を教えることになる。

一九三九年、ウーゴ・グァンダと共に《ラ・フェニーチェ》を創立する。この詩誌は、イタリアに於ける外国詩の初めての刊行物で、アッティーリョは、その運営を引き受けた。

『……グァンダ社は、社主グァンダの家でした。つまり、事務所と倉庫は住まいの中にあったわけです。ですから、寄稿者、協力者たちとの打ち合わせ、詩誌の予備とか在庫などは、グァンダ家の子供たちの叫び声、台所のメリケン粉、ランブルスコ[*18]のワインなどに入り混じって、在ったわけです。このこと全ては、最も快活で知性の豊かな人であっても、どうしようもないほど迂闊なイタリア人出版者の精力的な妻、ミシェル・ヴァンダの世話に頼らねばならなかったのでした。エリオット、オルカなどの印刷したての詩集の荷造りをしたり、ますます高揚してくるイタリア人の新しい詩への欲求をタイミング良く満たすのは、彼女だったのです。その頃のイタリアの風潮は、いずれロシヤの大草原で凍え死ぬか、アフリカの砂漠の砂に埋まりに行くかしかない、と殆ど諦めた気持ちで、軍からの呼び出しを待っていた時でした（後略）』（一九七九年十月二十五日付、《ラ・レプッブリカ》紙上、〈ラ・フェニーチェ時代〉）

一九四一年三月十七日、ベルナルドが生まれる。若夫婦は、彼女の実家に嬰児と共に、或る期間だが転居することになる。

『……健やかに成長しています。貴方にこの手紙を書いている間、私の傍にいて、ギシギシと軋るような音を立てています。満ち足りたような息づかいです……』（ザヴァッティーニ宛の未刊書簡）

この年の六月十三日に、デ・ホーホの室内画の複製絵はがきをセレーニに送り、次のような言葉を添えるのである。

『……僕が今、思い廻らせている詩は、時には個人流儀になるが、或ることを志向している、つまり、家庭内の親しみ深い家具に沈みゆく、憂愁感の漂う太陽を光り輝かせ、無言の人物像に愛情を込めて、その方へと向かわせることに、懸命になっている、と云いたいのだ。これもまた、プラトニックな錯覚に違いないだろうが……』

秋に、兄のウーゴが、突如、死亡した。
『僕の兄ウーゴが、穿孔虫垂炎から腹膜炎を起こして、死亡したのだ。あの恐ろしい、突然の死で、その数年前に死亡した時と同じ出来事になってしまった。これが、幸せな人間の宿命なんだ……』（一九四一年十月三日付、セレーニ宛の手紙から）

一九四二年に入り、初め、心臓神経症の理由で兵役を免除されたアッティーリョだったが、その後、徴兵されることになる。

四月二十二日、ピアチェンツァの軍事司令部の戦争捕虜事務所に送られる。彼の心臓期外収縮のお陰で、初め、二ヵ月間の療養期間を得て、その後、短期間だが、ピアチェンツァに戻り、九月末に除隊許可を得ることができた。

一九四三年から四四年の間に、ニネッタと幼児のベルナルドと共に、カザローラに転居する。ベルトルッチ家の古い住まいは、長い間、誰も住まわずに閉鎖されたままだった。この期間中の出来事について、彼の詩作品の中で何回も語られるだろう。
『この家は永い間、放置されたままでした。雨漏りがしていても全く気にせず、苦にもせず、私たちにとって素晴らしい数ヶ月間をここで過ごしました。車も通れないような細道があるだけの、山奥の村は標高千メートルの高さにあり、実質的には行政機関から遮断されており、自由で独立していました。息子や夫らを戦地に送っている家庭を除き、幸せな場所でした。ところが、四四年七月二日、ケッセリン准尉が私たちのことを思い出したようでした。つまりアッペンニン山脈のトスカーナ・エミーリア地域全体に亘って、ナチ親衛隊の軍隊を送り込んだのです。「反乱者たち」を探し出すというよりも、「土地の住民たち」を恐怖に陥らせるためでした。それは、ドイツ軍占領下の期間を通して、最も規模の大きい凶暴な掃討作戦でした。その時、私の年老いた伯父二人が、彼らの家の中で、うなじと額に発砲された後、焼かれる、という残忍苛酷な方法で殺害されたのです。だから、このことは、私にもいずれ降り懸ってくることでした。(中略)迷彩服に身を隠し、首から機関銃を紐で吊るして、栗の木の葉っぱを巻きつけたヘルメットを被った兵隊たちが、石ころだらけの獣道を前進してくる姿を私は見たのでした。皆とても若い兵隊ばかりで、ヒットラーが戦争に参加させるため、家庭から無理やりに連れ出し、最後の徴兵に駆りだされた青年たち。(彼らもまた、学校の教室ででも、懇々と説得され、暴力と流血のユートピアを吹き込まれた被害者だったのです)そして私たちは、その極悪非道の作戦に巻き込まれているのに気づいたのでした。周知の通り、私は、ちょっと風通しのあるだけでも臆病なのですが、その時だけは、平静を維持することができたのは、恐らく誰か、心理学者が分類できそうな、我々の不思議な心の現象の一つです。アインシュタインとレーニ・リーファンスター*19ルの間を揺れ動くフィルムの一こまが連続して動く中に見た、暗愚で苛酷な軍事作戦の「残虐行為」から、家族と家を守ることに必死でした。それでも、それなりに凄まじい陰性の英雄的行為だったのです。』(《詩人の人生》)

四四年の暮れに、彼の昔の教え子二人が、パルチザンとして殺害される。

『マリー・ルイーズ寄宿学校で教えていた私の生徒の中で、一番可愛がった最も頭が良く、最も勇気のあったのは、ジャコモ・ウリーヴィでした。四四年の冬に、モデナ市で逮捕され、銃殺されました。

十九歳でした……（中略）。彼は死ぬ直前、命の救われた者に、一枚の紙を手渡しました。そこには、私の若い頃の詩《不眠》を暗記していたらしく、それを思い出し書き留めてあり、彼の部分的な変更が記されてありました。それを知った私は、初めて、詩という、あの無益なことが役立つことがあるのだ、と思いました。』（《詩人の人生》）

一九四六年になり、アッティーリョは学校に復帰して、教え始める。そして今回は、あまり抵抗を感じないで、新しい詩集刊行の計画に取り掛かる。そのことを知ったセレーニは、モンダドーリ社から刊行されることを支持するのである。

『全部の詩を出版したい気持ちは、いつもあるのだが、待たねばならぬことを更に一層納得しているのだ（中略）。今は非常に混乱している時だ。その上に、偽装した博愛的な詩が繁栄するのは、どう思う？　あの善良なゴッツァーノ[*20]に懐かしみをもって、思いを馳せるべきだよ。』（一九四六年三月十七日付、セレーニ宛の書簡）

一九四七年二月二十四日、二番目の息子、ジョヴァンニが生まれる。この頃、小詩《インディアンの小屋》の思索に専念する傍ら、新詩集刊行の計画を立て続けている。
『……今、長いものを書いているところです。さらに、詩集の準備は出来ている、と言えるところですが、相変わらず、急がないことにしています。大事なことは、自分自身に正直であることです。』（一九四七年二月二十四日付、ザヴァッティーニ宛未刊書簡）
アントニオ・マルコと共に、シリーズ物の記録映画の仕事を始める。数年間、この仕事を行い、ローマ移転後にも引き続いて行うだろう。

一九四八年、ヴィットーリオ・セレーニの作詩による、ベルトルッチの肖像と彼の作品を描出した〈ある友への手紙〉（一九三八年五月の日付で）のタイトルで、詩集《パルマの月》に収載されて刊行される。

詩誌《ポエジア》の第九号に、ベルトルッチの翻訳による、ワーズワースの数篇の作品が掲載される。これらの翻訳物は、彼の叙情的、物語的創作研究の過程において、基本的なものとなる。

同年の六月から七月の間に、《ガッツェッタ・ディ・パルマ》新聞の依頼で、ヴェニスのアーツ・ビエンナーレに重要な記事の取材に出かける。

一九四九年、再び《ガッツェッタ・ディ・パルマ》紙の特派員として、ジョヴァンニ・ベッリーニ[*21]の重要な美術展の記事取材に、ヴェニスまで行く。

相変わらず、「小屋の背後に見失った」（註・《インディアンの小屋》を指す）彼である。その夏、『……リュウマチ性消化不良による頭痛と過度な仕事により、心身の平衡を失っている。幸いなことに家族の連中から、充分に報いられているので、野原や森に感動した優しい精神障害者のように成りすまし、彼らの仲間に加わっている……。』（一九四九年九月十六日付けセレーニ宛書簡）

一九五〇年、ロベルト・パラゴーネにより創立された雑誌、《パラゴーネ》の編集長として、直ちに雑誌の共同経営に関係する。

さらに、《セクエンツァ》（四九年から五一年までの間にパルマで刊行された映画雑誌）の第九号の編集に携わる。多くの作家たちから映画に関する印象、評価の声を網羅した。作家の名前には、ピランデッロ、ダンヌンツィオ、モンターレ、マリオ・ソルダーティ、ザヴァッティーニ、ウンガレッティ、モラーヴィア、など、歴々の名前が連なっている。

同年、フォルテ・ディ・マルミで、チェーザレ・パヴェーゼ[*22]に出会う。（自殺の直前であった）

『……フォルテ・ディ・マルミのカフェ・ローマのプラタナスの並木道で、チェーザレ・パヴェーゼに……、晩春にパルマの街で食べた香草[*23]入りのトルテッロ[*24]を、とても褒めていました。「美味い時期に食べて良かったね」と彼に言うと、「そう思うよ」と答え、「それを知っておくことは役にたつことだね」と言っていましたが、確かに、その頃には既に、自殺を決心していたのでしょう、その味覚とは、睡眠薬のあの苦い味を帯びているものなのです……』（一九五一年九月十日付《ガッツェッタ・ディ・パルマ》新聞紙上〈パルマの作家〉）

一九五一年の四月に、アッティーリョは単身でローマに移転し、ロベルト・ロンギ所有のアパートに仮住まいをする。そのアパートは、ローマの中心街、トゥリトーネ通りにある。

『……当分は、単独でローマに転居することにした。その内、ニネッタが転勤（学校の）許可を得て、十月には、再びここで一緒に生活できることを期待している。今なお、深い絆を感じるバッカネッリで生活することに耐えられない気持ちになっていた。とは言え、あの場所では、文化的英雄の快い被害者になりかねないし、冷静な判断の崩れる恐れがあり、絶え間なく精神的不安に僕を追い込んでいたのだ。

確かに、余り容易でない時代に逆行して、ローマに出かけるのだが、二人の子供たちの成長のためには良いことだ、と思うし、ニネッタは、勇敢で分別のある女性なので、僕の気持ちを良く汲んでくれ、同意してくれたことが、僕には大変な励ましとなり、決意に踏み切ったのだ。君も多分、僕の考えを認めてくれるだろう。いやむしろ、それを確信している。ただし、君があまり賛成しない、とすれば、ローマを選んだことだろう。ともかく、余りローマっ子のようにならぬよう、願っているところだ……』（一九五一年四月十日付けセレーニ宛の書簡）

新しい仕事場を見つけるまでの期間、ベルトルッチは高校で美術史を教え始める。

また、ジャンカルロ・ヴィゴレッリの《木曜日》に、映画評論家として記事を書き始め、五十三年までこの仕事を続けることになる。

同年五月にサンソーニ社から、詩集《インディアンの小屋》が刊行された。（この詩集には後日《家からの手紙》のタイトルとなる詩作品が所収されている。）この詩集を最初に読んだ人の中で、最も鋭敏な人の一人にピエル・パオロ・パゾリーニ[*25]がいた。彼は、『四級品くらいの、しかも恐らく王政支持のプライベートの』新聞にその書評を書いたのである。

『……ある日、私が当時、一時的に仮住まいをしていた五階のアパートに、ジヨルジョ・バッサーニが一人の若者を連れてきました。彫りの深い特徴のある顔で、スポーツマンのように痩せた身体に、粗い毛糸のフィンランド製品のような鹿とトナカイの模様入りのセーターを着ていました。若者は殆ど物も言わずに、新聞の切り抜きを私に手渡しました。それは、私の詩集の書評の掲載されている印刷物でした。その、とても雅量のある記事の著者が、ピエル・パオロ・パゾリーニなのでした。バッサーニが私に彼を紹介してくれた時、良く聞き取れなかった名前だったからです。

バッサーニに、パルマの有名な古本屋で四十二年に、彼の詩集《カザルサの詩》を購入して読んだことを話した時、喜んだとは言いませんが、とても驚いた様子を示しました。その時から、私たちの間には、言葉数の少ない（恐らく二人の責任でもありますが、互いに離れていても対話は可能であり、またさらに深く究められる濃度の高い会話を行えた）友情が生まれたのです。互いに理解し合える偉大な友情でした。』（《詩人の人生》）

『……別れぎわにパゾリーニは、私に一枚の新聞を残しました……（中略）。第三頁に私の詩集についての彼の書評がありました。彼は、全てを理解したのでした。感動したばかりか、ほんとにぎょっとさせられました。彼の書評の前には、私の詩について、田園詩についてだけ語っていたのですが、彼は鋭敏にノイローゼについて話したのです。』（《不整脈》の〈ピエル・パオロとの最初の出会い〉）

この八月に、詩集《インディアンの小屋》が、ヴィアレッジョ賞で第一位を獲得する。

その後、ニネッタはローマの学校に教師のポストを得て、十月に、アッティーリョの仮住まいしているトゥリトーネ通りのアパートに到着した。一方子供たちは、祖父の住むバッカネッリに残ることになる。そして十二月になり、夫婦はヴィッラ・パンフィーリ通りの家に転居する。

一九五二年に入り、ＲＡＩ（イタリア国営放送局）の第三ラジオ番組の仕事を始めることになる。『ちょっと、何でもしながら』、長い年月をその番組に関係することになる。

『……〈上映傍聴〉の番組が、その後、〈評論〉のタイトルになり、文芸欄での映画評論から始まり、〈詩人の細道〉、〈詩の朗読〉、〈英国現代詩〉など一連の放送番組を担当しました。その後、スペクタクルな特徴を帯びたコマーシャル、マス文化、大衆新聞に関するアンケート式のラジオ番組〈テーマ毎の夕べ〉を行いました。この番組はいわゆる、「失われた世代」の第一次大戦のアメリカ人作家、ヘミングウエイ、ドス・パソス、フィッツジェラルドとか、探偵小説などに捧げたものでした……』（一九九五年、トリノのERI社刊行、《A・ベルトルッチのマルセル・プルーストを求めて》から）

この年の夏、二人の子供たち、ベルナルドとジュゼッペが、漸くローマの両親の許にやってくる。十二月に、家族全員でジャチント・カリーニ通りの家に転居する。

一九五三年、中世期に物語の時代設定をした映画《女と兵士》を、ルイジ・マレルバ、アントニオ・マルキと共に共同監督で製作する。

この年の四月に、ウンガレッティのお陰で、ヴィッラ・デスティ・モンパルナーゼ賞を受賞する。これには、フランス旅行が褒章にあったからである。

一九五四年、教職から退く。その後、リーヴィオ・ガルツァンティ出版者の社主に、パゾリーニを紹介する。

『そう、確か一九五四年の春だった、と思います。リーヴィオ・ガルツァンティが、朝九時頃に電話をかけて来て、彼の事務所で私に会いたい、と云ってきました。彼に協力して仕事を始めてから間もないころでした……（中略）。ラルゴ・キジに停車する、トロリーバスの混雑に揉まれて、私の手から、緑色の薄っぺらな雑誌《パラゴーネ》を落とさぬよう、しっかりと握り締めていました。この雑誌には、ピエル・パオロがローマ方言で書いた最初の短編小説が、その数日前に掲載され、刊行されたばかりでした。小説のタイトルは《川の少年たち》で、一羽の燕を救うエピソードは、その後有名にな

ります が……（中略）。ガルツァンティに、時間があれば是非ともその小説を読んでくれるよう、頼み込みました。その話題は、いつものような読み物とは明らかに違うことを彼に保証して、《パラゴーネ》を彼に手渡しました。その日はもう、ガルツァンティに会う必要はありませんでした。ところが、その日の午後になり、電話をしてきました……（中略）。彼はその小説を直ぐに読んだのです。できれば直ぐにでも、小説の作者に会いたい、と言ってきたのでした。それで、モンテヴェルデ[*26]の小さなグランドに行きました。そこで、サッカーをするピエル・パウロがいたからでした。サッカーのいつもの試合が始まる前に彼を呼びだすことができました。当時、その周辺には、未だビルは建ち並んでおらず、その年の春先に通った時、アブルッツォ州からやってくる大勢の羊の群れを見たくらいです。スタンダールやダンヌンツィオ等の時代のように……』（《詩人の人生》から）

この後、間もなくベルトルッチは、詩句で語る小説のアイデアを形成し始める。

父親のベルナルド・ベルトルッチは、妻マリア（アッティーリョの母親）を亡くしてから、長い間、病気を患っていたが、十一月九日に狭心症で死亡する。

『母の死は、何らかの方法で受け入れましたが、父の死は本当に最大の打撃でした……』（本書第三章、「避けがたい病」の原因、参照）

一九五五年七月になり、ENI（イタリア炭化水素公社）の社誌、《野生の猫》の編集責任者となり、この任務を六三年まで行い、その後六五年までは、雑誌に記事を書き続けるようになる。

『ローマには、僕の大親友、ティート・ディ・ステファノが既にENIの広報部長をしていました。五四年の暮れ頃に僕を事務所に呼んで、マッテイが意図している社内雑誌の編集長として、と招かれたのです。僕は、定期刊行物の編集長をやったことがなく……（中略）。既にその頃、そのポストにはジャーナリズムでは有力な名前が候補に挙がっていましたが、ディ・ステファノは僕を推してくれ、「君と一緒にやってみたい」と云ってくれました。

彼は、雑誌の編集長として、あまり新聞記者を意識しない人を好んだようでした……（中略）。雑誌の前半の頁では、会社の活動を取り扱い、後半の一部に文化欄が宛てられており、殆どの偉大な作家や詩人たちが書いてくれました。コミッソ[*27]からパリーゼ、ガッダに至るまで。このガッダの書いた「リゾット・アッラ・ミラネーゼ」の料理法の記事は有名です……。更にいつも、その月に上映された映画の評論があり、親友のピエトリーノ・ビヤンキが担当していました……（中略）。最後には、僕の書いた美術史の文章がいつも掲載されてあり、長年、巨匠や日曜画家たちの、イタリア美術、近代美術、『主義』、肖像画、風景画、室内画などの歴史を取り扱いました。』（ベネデッティの〈インタビュー〉）

一九五六年になり、ガルツァンティ社用に、二十世紀外国人詩人の詩選集の仕事を行う。この年の夏に、カザローラの家の改築と家屋修復工事が施工される。

『この家に水道を引いて、壁を塗り替えて綺麗にしたら、住み心地が良くなった』（一九五六年八月二十一日付けセレーニ宛書簡）

同じ時期に長男のベルナルドは、十六ミリの撮影機で家の周辺やカザローラの撮影をし始める。これは、彼が手にした最初の短い映画で、その主役には弟のジュゼッペと従姉妹たちが演じている。この出来事についてベルトルッチは、詩集《冬の旅》で、〈ロープウエー〉のタイトルで語っている。

この年の暮れから翌年の初めにかけて、ローマに居ながら、パルマの雑誌《文学バザー》に、十七世紀ヨーロッパの重要な展覧会の記事を書き、この雑誌の存続を遠くから応援するのである。

一九五七年パルマ市で、文学、美術を対象にした雑誌《パラティーナ》が生まれ、その共同編集長となる。

この頃から、父親を亡くして以来、精神的不安の状態が日ごとに悪化するのに対応するため、専門医との〈精神的支持治療〉を行うようになる。

一九五八年、ガルツァンティ社から、《二十世紀の外国詩》選集が刊行される。その中の多くの翻訳詩はベルトルッチに依るもので、彼の他には、ウンガレッティ、モンターレ、セレーニ、パゾリーニその他の著名な詩人たちの翻訳詩を網羅したものであった。

『翻訳することは、いつもとても良い訓練になります。画家が先輩の偉大な画家を、ときどき真似したように……(後略)』(本書第二章その六参照)

彼の精神的不安の容態が急激に悪化して、精神的発作がでたために、入院して一連の徹底的な治療の必要に迫られる。

その後、彼の人生の中で起こったこの病について、『避けがたい病』と呼ぶようになる。

一九五九年二月、《イタリアの名士》誌上に、ローマのヴェネーツィア宮殿博物館で行われた、バンボッチャンティ[*28]の大事な展覧会についての記事を書く。

その年の六月、ピエル・パオロ・パゾリーニは、ベルトルッチの住む同じ建物内のマンションに移転してくる。

一九六〇年、詩集《寝室》の創作に専念する。

『僕はいま、詩句による物語の第七章にまで書くことができた。かなりうまくいっている、と思うが、バッカネッリや、カザローラの家にいて暇があれば、もっと進行しているだろうが。この仕事に満足している。自分自身に裏切らない感じがする……』(一九六〇年四月付、セレーニ宛書簡)

一九六一年、《八世紀から十九世紀まで実在した作家たち》選集刊行に、パゾリーニやモラーヴィアとともに監修に当たる。彼は特に人物像について担当した。

一九六二年、ヴェニスの映画祭で、ベルナルドの最初の映画が上映される。

(パゾリーニのシナリオによる《ラ・コンマーレ・セッカ》で、日本語タイトルは《殺し》。)

一九六五年、ENI(イタリア炭化水素公社)の刊行物に《紀元一千年後、ヴァッレ・パダーナのロマネスク様式》を写真入りで監修する。

『その本は、パルマの洗礼堂で紹介されました……ロベルト・ロンギが素晴らしい話をしてくれましたが、残念ながら、録音機がなかったため、その話は残されていません。私は、話しませんでした……(後略)』(ベネデッティのインタビューから)

この年も引き続き彼は、いわゆる「ポエム」の詩作を続行している。

『僕の「ポエム」を書いているところだ。ちょっと夢に現われるようなことなどを放っておかないんだよ。確かに進行していることは確かだ……（中略）また、《パラゴーネ》の雑誌のことだが、大して気にしていない。僕がまだ続けているとすれば、ロンギのためだよ。彼には、とても敬愛を寄せているから。それにしても、僕が、たまたま身を置くようになった文学の人生は、ちょっと、僕を笑わせてしまうよ。考えれば、詩集《シリウス》を書いた十五の時からは、自分のために、自分のことを書いているわけだし、素晴らしいことは、そういう人生に関与しているように見え、不精のためそう思わせているわけなのだ……（後略）』（一九六五年四月付、セレーニ宛書簡）

一九六六年、文学誌《パラゴーネ》一九八号に《不整脈》の詩論の第二部を公表する。テレビの文化番組の責任者となり、六七年まで引き続き行う。テッラーロ[*29]の、リグリア湾に面する小さなアパートを購入する。この時から、彼とニネッタが、ローマからカザローラを往復する旅の休憩地として、テッラーロの家を一つの「逃げ道のない長距離通勤」として、利用することになる。

『テッラーロに向けて、四月の半ば頃ローマを出発します。五月の終わりに数日間だけローマに帰ってきて……（中略）。その後、再びテッラーロに出かけます。山に行くのには、まだ早すぎる時期だからです。七月十日から、八月末まではカザローラに滞在します……（中略）。九月から十一月初めまで、テッラーロに居て、「死者の日」[*30]に、ローマに戻ってきます。この日程を何年も繰り返してきました。』（一九九三年二月二十五日付け《ガッツェッタ・ディ・パルマ》紙、インタビュー）

一九六九年、ベルナルドが、映画《ストラテジーア・デル・ラーニョ》（日本語タイトルは《暗殺のオペラ》一九七九年八月　日本公開》のロケーションを観に、サッビオネータ[*31]を訪れる。

その年、バッカネッツリの家屋と農園を売却する。


一九七〇年の夏、カザローラの家の一部崩壊の被害を蒙ったため、家の修復を行う。この年も引き続き、《寝室》の作成に専念する。

『……少し狂気じみた、あの韻文での仕事に着手している……（後略）』


一九七〇年暮れに、ガルツァンティ社に詩集《冬の旅》のタイプ打ち原稿を手渡す。

『……《シリウス》、《十一月の火》、《インディアンの小屋》などの含まれている小さな収集物に詩集を挿入するのは嬉しいものだ。僕の人生がたくさんあるので充分。僕にとっては、君や僅かな人が、僕の言いたいことを感じてくれるだけでいい……（後略）』（一九七〇年十二月三十日付、セレーニ宛書簡）

一九七一年、ガルツァンティ社から、詩集《冬の旅》が刊行される。

『本当のところ、他の作品の側に、これらの詩作品が収載できたことに満足している。せめて、詩も書かずに怠けており、ふらついていたとか、遊び暮らしていたわけではない証拠としても。学会とか、前衛派の連中から気に入られなくとも、残念には思わない。』（一九七一年四月十三日付、セレーニ宛書簡）

一九七三年、ガルツァンティ社から《インディアンの小屋》第三版が出る。

『親愛なるザヴァッティーニ、貴方からのお手紙は丁度良い時に届きました。鬱の状態と不安症のトンネルから脱していたところ、と言いたいわけです……脱していたところ、とは言え、まだ充分に抜け出していないかも知れませんが。私の、古い刊行物《小屋》に対して、して下さった、貴方のご好意に、心からなる感謝の気持ちを表すため、また貴方の企画に祝意を述べるため、まだ充分書ける、と思っています……』（一九七三年七月十七日付、ザヴァッティーニ宛書簡）

詩人は、書き写し終わった作品に僅かな修正を加える以外は、詩句による物語の仕事を待つことにする。

『僕の長編作品なのだが、いま少し温めているところだ。僕には残念なことなのだが、でも無理強いすべきではないし、また、それが出来ないのだよ。』（一九七三年十一月十七日付、セレーニ宛書簡）

『例の詩句での物語を口述して、ニネッタにタイプで打ち込んで貰い、それを訂正しているところだ。おお、いまこの時、もう少しで、僕のやっている唯一の創造作品になる』（一九七三年十二月一日以降のセレーニ宛書簡）

一九七五年十一月二日朝、ピエル・パオロ・パゾリーニの死体が、オスティア市[*32]の水上機碇泊地の路上で発見される。

『パゾリーニの死ぬ十五日か二十日前に、彼のキアの家で、平穏な一日を彼と共に過ごしたことを、いまは、悲しく思い出されます。食事や飲み物についてては、あれほど無関心な彼なのに、いろいろなワインの試飲をさせたがりました。彼のところにフリウリ[*33]から届いたものでした。その日一緒に過ごした長い昼下がり、二時間ほど私たちの場所から遠ざかりました。庭の何本かの樹木の整備に「立ち会うため」だったからでした……』(一九九二年一月二十二日付《コッリエーレ・デッラ・セーラ》紙のインタビュー)

モラーヴィアとシチリアーニ[*34]は、パゾリーニの後継者として、文学誌《新話題》の編集長にベルトルッチを招き、彼らと共に仕事を行うことになる。この仕事は、一九八〇年まで続くだろう。

一九七六年から、イタリア最大の日刊紙の一つ《ラ・レプッブリカ》に寄稿し始める。さらに、ヴィットーリオ・セレーニの監修による、モンダドーリ社刊行の「カセット式図書」全集に、ベルトルッチの《プルーストを読むために》と《心臓の断続》が出版される。

同年のカンヌ映画祭の初日にニネッタと共に出かける。これは、フェスティヴァルにベルナルドの監督による、新作映画《一九〇〇年》が紹介されるためであった。その帰りにパリに寄る。

九月二日、レッジョ・エミーリア郊外にある、バイーゾ所有の城で、ベルトルッチ最大の友人の一人、ピエトロ・ビヤンキが死亡する。

一九七七年六月、ニネッタと共に生まれて初めて、息子ベルナルドを訪ねてロンドンへ行く。その機会に、ジェーン・アウスティン、トーマス・ハーディの足跡を求めて、ベースやドーチェスターまで足を伸ばすことになる。

一九七八年、引き続きセレーニと頻繁に文通を行う。

『……君と一緒にいる時、それとも君のことを考えるだけでも、もう違った空気を吸っている感じになり、自分の仕事や世界、愛情などを見る眼差しなど、昔は、とっても清澄なものだった……』（一九七八年九月十三日付、セレーニ宛書簡）

一九七九年、詩集《シリウス》刊行五十年記念に因み、パルマのラ・ピロッタ社から、パオロ・ラガッツィのエッセイが収載され、再版される。この出版を記念して、パルマ市は九月二十一日、テアトロ・レージョ付属小劇場で、ベルトルッチ作品研究とその証言、と題した会談が企画される。多くの著名な評論家、詩人たちの参加がある。その中でも、セレーニ、ルーツィ、カプローニなどの名前が特筆される。


一九八〇年、新しい詩集《寝室》を書き続けている、と云うよりも完成させている。

『僕は、「容易く」ない時期をすごしている、と君に言えるかな？　君は他の誰よりも僕を解ってくれるが、僕は「詩集」で病んでいる。既に、僕が体験して乗り越えた病気の症状なのだが、悪化したような気がする。不安ではなくて逃避し続けていたい……』（一九八〇年十月十三日付、セレーニ宛書簡）

一九八一年、総合的作品に対してヴァン・アント賞が授与される。

一九八三年二月十日、ヴィットーリオ・セレーニが、動脈瘤で死亡する。

十二月マルティーナ・フランカ賞を受け取る。

一九八四年、ガルツァンティ社から、詩集《寝室》の第一巻が刊行される。

二月十四日、パルマ市内の文学協会に於いて、詩集のプレゼンテーションが行われ、多くの著名評論家が出席、詩人を囲み会談が行われる。六月、詩集はビエッラ賞を獲得、さらに七月には、ヴァッロンブローザ賞を受賞する。

十一月十五日、パルマ大学は、詩人に「名誉」学士号を授与する。

一九八五年三月二十四日、ミラノで、カルロ・ボーの手から、《話題の作家》に与えられる国立ジャンニーノ賞を受け取る。

一九八六年
『……雨降りの木曜日の朝八時半です。それでも、貴方や私、また私たちの近くに居る者に、春がもう、そこまで来ているのを感じさせてくれるので、万歳です。私たちの近くに居ない人たちは、私たちの心の中に生きています。詩集を書きながら、私が出来たことは、それらの人々を近くに感じることでした。「避けられぬ優しさ」の現前する、この雨降りの穏やかな日には、彼らは生きつづけ……(後略)』(一九八六年三月一日付、ザヴァッティーニ宛未刊書簡)

一九八七年、胃潰瘍の手術をする。

十一月二十七日、内閣総理府は、〈金ペン〉賞を彼に授与する。


一九八八年、詩集《寝室》第二巻が、ガルツァンティ社から刊行される。

十二月十三日、ベルトルッチの敬愛していた恩師、ザヴァッティーニが死亡する。


一九九〇年、ガルツァンティ社から既に刊行された全抒情詩の収載された、詩集《レ・ポエジーエ》が刊行される。

五月二十九日、イタリア国営放送局の第一テレビで、《再会したコッレッジョ》のカラー短編映画が、彼の次男息子のジュゼッペの監督により放映され、ベルトルッチはその朗読者として主役を演じる。

十一月、ニネッタと共にパリとロンドンへ出かける。これは、長男ベルナルドの監督による映画《シェルタリング・スカイ》の試写会に招待されたからであった。この旅行でベルトルッチは、始めて飛行機に乗ったのである。著名な英国人詩人、チャールズ・トムリンソンは、彼に詩を献呈する。


一九九一年、詩集《レ・ポエジーエ》は、リブレックス・グッゲンハイム賞を受賞する。

五月二十五日—二十六日に亘り、ルイーノ[*35]で開催された、詩人セレーニの研究と証言の集会に招聘され、その機会に親友の思い出とヴィットーリオ・セレーニに献呈した彼の詩を朗読する。

九月に、ガルツァンティ社から、散文作品を収録した《不整脈》が刊行される。

一九九二年、十月三十一日、パルマ市の国立文書館は、ベルトルッチの自筆の手稿とサイン入りのタイプ原稿の提供を得て、パオロ・ラガッツィにより整理され、文書館内に、公式に文学書館が誕生する。

十一月十一日、全作品に対して、アカデミア・ディ・リンチェイの賞を受ける。

一九九三年、五月に、新しい抒情詩、《チンギョの泉》が刊行される。この詩集は、十月になりモンデッロ賞を受賞する。

英国で、チャールズ・トムリンソンの翻訳で、彼の《詩選集》が出版される。

同年十一月十三日、彼の詩作品に対して、フライヤーノ金賞を受け取る。

一九九四年、ガルツァンティ社から、ガブリエッラ・パッリ・バローニの監修により、セレーニと文通した書簡集《長い友情》が刊行される。

一九九五年三月六日、イタリア下院議会に於いて、マリオ・ルーツィ、ピエロ・ビゴンジャーリ、エドアルド・サングイネーティと共に、彼の数篇の詩作品を朗読する。

一九九七年、ガルツァンティ社から彼の抒情詩、《カザローラの蜥蜴》の再販が出る。同年、パルマのグァンダ社から、パオロ・ラガッツィが取材したベルトルッチのインタビュー《ふと、思い出しながら》が刊行される。

同年十月、モンダドーリ社から《アッティーリョ・ベルトルッチ全集》がパオロ・ラガッツィ、ガブリエッラ・パッリ・バローニ監修の許に刊行される。

一九九八年、九二年にパルマの国立文書館に詩人から贈呈された、自稿の蔵書目録がヴァレンティーナ・ボッキとパオロ・ラガッツィにより作成され、刊行される。

一九九九年九月十六日、彼の職業活動に対して《レリーチ・ペア》の褒章が贈られる。

二〇〇〇年六月十四日、ローマのカリーニ通りの自宅で、家族全員に見守られて、あの世の人となる。葬儀は、初めローマのレジーナ・パーチス教会で執り行われ、翌十六日、パルマ市に於いて市民葬祭が行われ、多くの著名人、市民たちが参加、ヴィッレッタ墓地の家族の礼拝堂に埋葬された。

訳註

＊1　一五四四年、ナポリ近郊ソレントに生まれ、一五九五年ローマで死亡。イタリア・ルネッサンス文学最大の詩人タッソは、十五歳の頃から、彼の代表作《解放されたエルサレム》（キリスト教徒による、第一回十字軍遠征をテーマにした長編叙事詩）創作の着想を持っていた、と云われている。

＊2　ヴェローナ出身の小説家エミーリオ・サルガーリは、一八六三年に生まれ、一九一一年トリノ近郊で死亡。膨大な数の冒険小説を残しているが、特に《マレーシアの虎》、《マレーシアの海賊》などが有名である。

＊3　フランス人作家のユールス・ヴェルヌは、冒険小説、空想科学小説の作品で大変な人気を集めた。（一八二八―一九〇五）

＊4　ヴェルディ作のオペラ《ナブッコ》第三幕で歌われる合唱曲《行け、思ひよ、金色の翼に乗り》は、イタリア人に広く知られているメロディーで『このオペラを以って、僕の芸術的キャリアが始まった』とヴェルディ自身述べている。（松本康子訳《ヴェルディ・書簡による自伝》カワイ出版）

＊5　パルマ市より三十キロ西方の温泉地。

＊6　十九世紀末から二十世紀初期にかけ、ヨーロッパに流行した新感覚の室内装飾スタイルで、イタリアではアール・ヌーヴォーとも呼ばれた。

＊7　小説家、映画脚本家のザヴァッティーニは、一九〇二年生まれ、一九八九年に死亡。シュールレアリスタ、ユーモア作家、モラリスト、ネオレアリズム作家など、多様性に富む作家と見做されている。デ・シーカ監督の映画《自転車泥棒》の脚本作家としても有名。

＊8　一九二九年二月十一日、ヴァチカン教皇国とイタリア政府間に協約が締結された。

＊9　ルッカ市から四十キロ北西のヴェルシーリア沿岸地帯の海水浴場。

＊10　リグーリア海に面する、トスカーナ地方の海岸地区の呼称。

＊11　トリノ・イタリア自動車製造会社、フィアト（ＦＩＡＴ）の創立者ジョヴァンニ・アニェッリの子孫で継続されている自動車企業経営者一家。

＊12　パルマ市より南へ数キロ離れた地区。

＊13　ファシスト政権時代の大学ファシスト集団。

＊14　美術史家、美術評論家。過去の偉大な芸術家、カラヴァッジョから始まり、多くの絵画の復元、解明に貢献。若い世代の美術評論家のマエストロ。

＊15　起源前八十四年頃ヴェローナに生まれ、五十四年にローマで死亡した古代ローマの叙情詩人。

＊16　詩人。一九一三年ルイーノに生まれ一九八三年に動脈瘤で死亡。
＊17　詩人。一九一四年フィレンツェ郊外北西部のカステッロ生まれ。二〇〇四年彼の九十歳の誕生日に、イタリア共和国終身上院議員に命名される。二〇〇五年フィレンツェで死亡。彼の詩作品は、松本康子訳詩集《言葉よ高く翔べ》（思潮社刊行）に、ベルトルッチの作品と共に所収。
＊18　エミーリア地方産の発泡性の甘口赤ワインで、特にモデナ、レッジョ・エミーリア産の高級ワインが有名。
＊19　ドイツ人女流写真家、映画監督、特にナチズムに関したドキュメンタリー映画でデビュー。その後、アフリカ伝統文化、海洋生物学などに関心を寄せる。一九〇二年、ベルリンに生まれ、ペーキングで二〇〇三年死亡。
＊20　詩人。一八八三年トリノで生まれ、一九一六年同市で死亡。
＊21　ヴェネーツィ派画家。一四三〇年ヴェネーツィ生まれ、一五一六年死亡。
＊22　小説家、詩人。一九〇八年トリノ生まれ、同市のホテルで一九五〇年自殺。
＊23　バジル、ローズマリーノ、ローリエなど。
＊24　半円形の詰め物パスタ。
＊25　詩人、作家、映画監督。一九二二年ボローニャ生まれ、ローマ近郊のオスティア市で一九七五年、殺害される。
＊26　ローマ市西側の高台にある、一地区の呼称。
＊27　作家、ジャーナリスト。ジョヴァンニ・コミッソは、一八九五年トレヴィーゾに生まれ、同市で一九六九年死亡。
＊28　凡そ一六三〇年から一六六〇年に亘り、ローマで活動したバンボッチャータ派に属する画家の呼称で、その殆どがフランドル派画家で占められており、風俗画を特徴とする。

＊29　スペーツィア湾に面する海水浴場。
＊30　キリスト教年間行事の一つで、毎年十一月二日、死者の追悼ミサを行う。
＊31　マントヴァ市から南西へ凡そ四十キロにある町。十六世紀建設の町の各道路は、直線状に設置されてあり、整然とした都市の佇まいが、今なお、保存されている。
＊32　起源前四世紀創立、と見做されるローマから二十八キロ南西の古代都市遺蹟のある、ティレニア海に面する町。
＊33　イタリア北東部のヴェネーツィア・ジューリアを含む重要な州。
＊34　作家、随筆家、一九三四年ローマ生まれ。
＊35　北イタリアのヴァレーゼ市より北東、マッジョーレ湖畔の町。

第二章　その根源を尋ねて

　前章では、ベルトルッチの生い立ちと人生の歩みについて、その概略を見てきた。本章からは、ベルトルッチとのインタビューを収録した《ふと、思い出しながら》（パルマのグヮンダ社刊行）の書物の頁から興味深い話を拾いながら、詩人の生の声を一緒に聴き、インタビューで引用される詩を読んでゆきたい、と思う。

　インタビューは一九九五年の夏、詩人の亡くなる五年前に、詩人の家族には縁の深い、パルマ郊外のカザローラに於いて、イタリアで非常に高く評価されている文学評論家、パオロ・ラガッツィ氏により取材されたものである。本書は、ラガッツィ氏の同意を得て、そのインタビューを収載させて頂いた。以降、ラガッツィの質問を「L」とし、ベルトルッチの返答を「B」として、その問答ぶりを見てゆこう。

一、幼年期から思春期へ

L―　貴方の思い出は幾つの年頃に遡りますか？

B―　私の最初の思い出はアントニヤーノ[*1]の時代に遡ります。

私の多くの詩に書かれた場所です。ある日、パルマに近い小学校に、家から通学中、一人の女の子に会いました。この子は多分、我が家の農民の娘だったかも知れません。一緒に「学校をサボろうよ」と私を誘い、チンギョの橋の下に隠れたことを憶えていますが、その他のことは思い出せません。

L―　素晴らしい記憶に恵まれている貴方のような方の思い出が年齢的に遅いのは、不思議ですね？

B―　私の幼年期の思い出は全くありません。概して、子供の頃に病気を患った体験が非常に早熟な記憶を残す、と言われています。私は、家の中ではいたずら者で有名でしたが、病気を患ったことはなかったですよ。医者から聴いたのですが、アフタ性口内炎（註・子供たちが罹る典型的な軽い口内炎）になったそうです。これは、馬たちの罹る重病（口蹄疫）で、皆から、「お前、馬の病気に罹った」とからかわれたそうです。

L―　貴方の作品を読みますと、全てが明瞭になる、という感じがなく、光の奥底には必ず、何かしら陰が隠されていますが。

B―　このわけを私自身にはっきりさせようと思えば、出来ないことはありませんが、どうしてもその気にはなりません。

L― 事実に基づいて描出されているのにも拘わらず（と云うか、恐らくまさにこのために）、貴方の作品の基本的意義の一つとして、文学と人生の間には、確固としたアイデンティティーは全く不可能、という方法で表現されることができるように、私には思われます。いつも言葉では言えない何かがありますが。

B― ところが、せめて詩を通して自分を表現したい、という必要を感じたのは非常に早かったのですよ。先ほど思い出したように、田舎の小学校から街の小学校へ通わせよう、と両親が試みて寄宿学校に入学させられました。その時、確か小学校三年生だった、と思います。ここで最初の詩を書き始めました。

クラスの先生の部屋が私の部屋に近かったので、無名のままの私の詩を彼の窓辺にそっと置きに行ったものです。先生は、私に何も言いませんでした。でも、「詩を読んだよ」と私に解らせるように、微笑みを浮かべており、押韻の欠けて居る私の能力不足を許してくれました。それよりも、フットボール（当時、こう言われており、「サッカー」とは言いませんでした。このスポーツには英語が使われていました）の競技はとても上手く、中学に入学した時、立派なボールがプレゼントされました。でも、もうその頃の私には、関心がなくなっており、本を買うのにボールを売りました。

L― ところでテニスには、関心を持ったことはありませんか？ テニスの試合には、西部劇的な決闘があります。一対一で戦う二人の挑戦者が、発砲するだけで充分なのですから……

B― 解らないけれど、そうかも知れません。ところがね、サッカーの試合だけではなく十七、八歳の時、走り競べに強かったのですよ。流儀などなくってね、百メートル・レースで優勝していました。体格が良いので、十種競技ができるよ、とさえ言う人もいた位です。ところが、肋膜炎の初期症状が表われ、その病気に罹って以来、人生を通してずっと、少し本当で、少し気の病に患ってきました。

L― 恋愛でも、貴方には或る種の病症があったのですか？

B― ニネッタは十九歳の時、ボローニャへ勉強に行きました。それで夏の間だけ、私たちは海水浴場で会っていました。初めの頃、私たちの交際は全く不可能に思いました。高校のクラスの「全員が」彼女に恋をしており、彼女は私には手の届かない存在のようでした。それで、毎日一通の手紙を彼女に書き始め……、彼女はその手紙全部を保存しましたよ。

L― ところで、詩集《シリウス》の最初の方の詩を読むと、守護天使の「神秘的な」姿がありますが、家庭内での宗教教育は、どのような役割があったのですか？

B― 小さい時から、みんな堅信や聖体拝領を受けましたが、私たちの宗教心を左右できるほどの宗教教育は受けておりません。たとえ、この思いが私の心の中に、いつも生き生きと根を張り続けていても、これに対する一種の弁明を私の中に見付け、厳格な意味での熱心な信者ではありません。

L― では、性的目覚めについて伺いたいのですが……

B― 一般に十三歳頃になると、経験があるようですが、私は何も知りませんでした。

二、魔法のランタン

ここで取り上げられる詩集《シリウス》は、ベルトルッチの十七歳の時に出版した処女作品である。詩人の見解など、率直な言葉を聴いてみよう。

L——《シリウス》を現在再読すると、どんな印象を持たれますか?

B——《インディアンの小屋》の再版の際に、《シリウス》から六篇の詩だけを選んで提供したところ、出版社から「全部掲載すべきだ……」と叱られました。最後に決心して、詩集《レ・ポエジーエ》には全部を納めました。この中には、一種の夢心地……で書いたテキストが幾つかあり、拙い詩もありますよ。金髪の少女に寄せた〈夢〉が、その一例です。

夢

金髪のあなたは
ひそかな夜の炎の中で
燃えている。
微笑の絶えない
あなたの眼差し
しなやかな身体は
とても素敵でこの世のもの、

可愛い愛の
天使のようだ。
口に出てこない言葉や
僕らの唇を激しく焦がし、
あなたに出来なかった愛撫で
今も僕の顔が火照っている。
おお夢よ、
遥かな夢、
何と、こんなに遠いのか！

B――また、ちょっと風変わりな詩として、〈断片〉を挙げてみます。

断片

赤と黒の牛たちは
夜のくすんだ水晶の中の
白い雪を踏みつけ

瞬かない星明りの下で
樅の大木がふるえ

不可視の厳しい天使らは
素朴な角笛の音で
牛の列を率いている

B― ここに出てくる「不可視の厳しい天使ら」は、ややシュールレアリスト的（何らかの形で、シュールレアリストのテキストを読んでいたのかも）。ロマネスク様式の香りのある詩ですが、私たちの街パルマの洗礼堂にも、ちょっとこんな感じのする天使の姿がありますが、その当時の私は、それを知っていたかな？

L― パルマ市との繋がりならば、初めの二冊の詩集（セレーニの説に依ると、次に刊行された《十一月の火》には、非常に沢山でており）では、いつもその繋がりが大変よく滲み出て書かれていますが……

B― 《シリウス》や《十一月の火》では、直接に街の姿は現れないか、さもなければ、単に地平線の彼方に望む程度です。それは、《シリウス》の頁を開く詩〈守護天使〉の中の最終行に見られます。さらに《シリウス》に収載されている初期作品に〈颪〉、と云うタイトルの詩があり、このテキストの中に「……驚くことに／さながら情交のあとの　あの静けさだ」があります。私の年上の友人たちは、「お前、セックスについてどれだけ知っているのか？」と私に言ったものでした。

颪

颪はまるで狼のように
山から野へとかけくだり
いずこをも恐怖にみたし
麦の穂をなぎたおす

朝の清暉が家々を
地平の果てまで照らすとき
颪の唸りは泉の水を騒ぎたて
颪を避ける人々を追いまわす

やがて疲れ果て眠る様　驚くことに
さながら情交のあとの　あの静けさだ

L――《シリウス》には、何か、リバティ様式の手法に近づけるような幻想的な様相もありませんか？

B――そうかも知れません。子供の頃、母方の祖父と共にサルソマッジョーレに行ったことがあります。一九二一年のときでした（註・本話題については、本書・第一章参照）。グランド・ホテルはリバティ様式で装飾されており、すっかり私は気に入ってしまいました。

L―　またサルソマッジョーレで初めて、貴方が人形劇を発見したことにも繋がるわけですね？

B―　まさに本当の芝居でしたよ。あの時に観たのはモデナの人形師たちで、プレティ兄弟でした。歴史物語を上演する腕前はたいしたものでした。

L―　リバティ様式、人形劇、サルガーリなど……。つまり《シリウス》詩作の背景には、驚き（誇張するのではなく、軽い意味で）の眼差しが、すべて吸収されていたのですね。その後、（一九二五年に貴方により既に発見された）プルーストの《失われた時を求めて》に至るまで、先ず、とくに偉大で潤色された想像力の局面を把握されたことが解るような気がしますが……

B―　あの時代、彼の《失われた時を求めて》は、戦前のパリでのいわゆる〈千夜一夜物語〉のようなもの、すべての近代文学を通して、最も驚異的な魔力に満ちるもの、と書いたこともありますよ。

L―　軽快さと自由詩の意味で、《シリウス》のエスプリはとても素晴らしいものを見いだしましたが。

B―　自由詩と言えば、《いのちに栄光あれ》のダンヌンツィオの詩以降の詩行もそうでした。さらにホワイトマンの《草の葉》をソンゾーニョ大学図書館で、早くにも見付けていましたし、ラフォルグの《最後の詩》などもまた、私にとり非常に重要なものになりましたが、それから、かなり後になって読んだ作品でした。

L―　映画を発見されたことですが、貴方はアラディンの洞窟とか、空飛ぶ絨毯のような映画を、手本にされたように思われますが……

B―　映画では、登場人物とか彼らの心理状態、またはそのプロットに関心を持ったことは決してありません。動作中の姿から出現する魅力については、私の心の中に永遠に残されています。ところが、映画は様々な方法で、多くの作家に影響を与えたのでした。

L―　《シリウス》にも、本質的にこれがありますね？　絶え間ない動きの中にあるイメージの意味が、楽器のバンジョーの皮の破れ口から、または魔法のランタンから現れてくるように……
B―　これら全てのイメージからは、恐らく状況を察するのは難しいでしょう。
L―　難しいけれど、不可能ではありません。一方では〈九月〉とか〈奔流〉に現れるような自然界のことが書かれてありますから……
B―　もちろんですよ。

九月

深緑の葉の繁る木々に
赤い瓦をのせた屋根に
いつまでも照り映える
澄みわたった九月の空

若草のたえぬ芝生に
みだれ舞う蝶たちは
あなたの瞳にやどる
やるせない恋の思いに応えてか
でも今は　せつない思いもなく過ごす

あなたの一日
九月の歌うような明るい陽射しをうけて
僕の清澄な心にあなたの姿が映っている

奔流

白く泡立つ冷水
ほとばしる川で生じた奔流
かつて味わったこともない
素敵な恍惚感に酔いしれる
お前の音は　僕の耳をつらぬき
僕の心にこだまする
ここはどこだろう?
錆色の巨石　そそり立つ木々
山の狭い陰路《かげみち》は森へ通じるのか?
やがて　うっすらと汗ばむほどの陽射し
その金色の光は　僕をやさしく包みこむ
おお　この川の音《ね》を聴く深い静けさ
幽谷のこの孤独感

栗林の中に見えかくれして
ひっそりと立つ　見捨てられた水車小屋
疲れても身に沁みる幸せ　雲になったような
濡れた木になったような感覚にひたる

L― ところが他方では、(言うなれば) シュールレアル的側面の事柄があり、それは、次に刊行された《十一月の火》では余り見られなくなって《シリウス》を唯一のものとしていますが。
B― 私のきまり文句を繰り返したい、と思います。ブルトンの有名な選集《悪辣なユーモア》について、シュールレアリストであることを知らぬシュールの連中が好きだ、と言ったことがあります。それでは、私もその仲間に入れて貰いたいですね。
L― 先ほど、《シリウス》の幾つかの詩は、一種の『夢心地で居るように』書いた、と言われましたが、つまり、シュールレアル的用語を使うと、自動的書法の態度、と云うことになりますね？
B― これは《シリウス》だけではありませんよ。
L― でも貴方がパルマ市の国立文書館に寄贈された、自筆手稿とタイプ原稿の資料を観察しますと、貴方の作品の底には、変更箇所のあるややこしい仕事が少しあることに気付いたのですが、この表面的な矛盾をどのように説明されますか？
B― ところがね、矛盾ではないのですよ！　もちろん再読すると、実に惨めに思いますね。たとえ自分に甘んじていても、芸術家なのか職人なのか判らない……。とは言え、みんなに作品の変更箇所を知らせたがる人たちとは違っているのと、私の物には余り多くないし、理解力も兼ねた目的でいっもは必要としていません。実はね、書いたときには、一種の自動的書法を頻繁に行っていたように思います。

L―　もしも《シリウス》（また部分的に《十一月の火》）について、シュールレアルを語るとするならば、シュールに軽く触れたとか、何とか上手く避けた方法でのシュールレアルであるように思われます。あたかも無意識とか夢の深みが危険に思われるように。だからそのために、一種の中間の地帯、真の無意識そのものと、外界との間の中間の場所に留まっている必要があるか、のように。

B―　解りません。あの詩を書いた時に再会するのは、私には難しいことです。ただし、或るテーマの詩は、しばしば自分の中で長いあいだ温めており、それから清書した時には、無意識の内に推敲され、さらに再推敲が重ねられた後だった、と云うことは言えますね。いずれにせよ、《シリウス》には、ややシュールレアル的、つまり私流儀のシュールレアリズムの意味での詩があるかも知れません。実は、私が未だ高校（旧制高校）二年生にもならない時に出版した詩集のタイトルは、《浸透しない天使の鳩》の予定だったのでした。ところが、私の出版業兼印刷業の友人、アレッサンドロ・ミナルディの薦めで、《シリウス》のタイトルを見付けたのです。実はこの名前はね、当時少し下品な趣味、ウエートレスらが好むような、と言えそうな化粧石鹸のメーカーの名前だったのですよ。

L―　ともあれ、《シリウス》に収載されている様々な詩の対象は、多くのアヴァンギャルディの度をまさに越えよう、とする願いから生じているわけでは決してなく、またこの詩集が自由であることは、優雅さの痕跡をいつも留めていることです。作品を準備する素晴らしい能力ばかりではなく、作品自身に価値があるのです。既に達した成果のように。

B―　私も同感ですが、僅かの人がそれを理解しただけです。その僅かな人の中で、ジャンシロー・

フェッラーラの誠に特異なケースがありました。文学誌《ソラーリオ》の編集長だった彼は、一九三〇年に、私の詩集を非常に賛美する手紙を書き送ってくれました。

L―　それでも、その少数の人さえ、時には逆に走るわけです。初期の貴方の「格言的な」（とルーツィが書いた）優雅さにとても熱中した人は、その後、複雑になった貴方の出版物には少し耳が遠くなったのですから。

B―　そういう読者には、私の最近の詩の一つ〈僕を消してくれ〉で答えています……。

次に、一九二九年刊行の《シリウス》から数篇の作品を読んでみよう。

孤独

わたしは独りでいた
河は雄大に歌っているようだ
あそこに誰かいるのかな？
急いで枯れ草を踏んでゆく

歌うような流れにそって
なぜか訳もなく
歩く者には　何事も起こらず
時は　刻々と過ぎてゆく

温和な巨人のような河
ゆったりと目のまえを
歌いながら流れてゆく
その灰色の波間には
ただ一艘の船も浮かべずに

人影ひとつない河辺にて

旅

疲れきった天国の従順者たち
心地よく　揺れ動く道を
手をしばられて通っていく
夏の午後の強烈な白光に
窪んだ目を　大きく
見ひらいて歩いていく
あふれでるメランコリーのように
枯渇した追憶からよみがえる

ぼくの望郷感は彼らに似ている

乾ききった喉　疲れはて
ゆけども　たどり着けないのだ
悲しくも優しい心で歩く彼ら
夢でかざられた
夜明けの所産　夢遊病者の
心は空気のようにかるい
幼年期の香りののこる
捨てられた緑のリボンが一つ
ところが　すべての庭には高い鉄柵がある

雲のようにその群れは通りすぎる
その先端に　牧人はいない
なめらかな平地を通りすぎ
海へと歩いてゆく群
だぶだぶの大きな服を
まとったような白雲が浮かんでいる
また山々を通りゆく雲

外部から観る者には
不吉な前兆のような
黒い喪服をまとっているようだ
従順者らは無関心な目つきで
それをながめている

彼らの靴はすでに真っ白で
髪の毛もほこりで真っ白
それでもなお　歩くのだ
優雅な蝶になったような
夢を見ながら

楽器

風笛は　哀感をさそう音色
草原の緑をきずつける
調和にみちた小川が　繊細な
メロディーを奏でるように

ヴァイオリンは　優雅な
ため息だ　色あせたビロードの
大空を飛んでいるような縮れ毛の
天使　あの北米の先住民

腰のふといギターは
古い金貨の色あいだ
グラス、テーブル、人間の
笑い声が鳴りひびく楽器
サキソフォンは　木綿の
服を着た一人の混血児の
陽気な叫び声

月によせる郷愁感が　澄明な水に
反映して輝くように　ちぎれた手が
おまえ　バンジョーを奏でるのだ

三、詩集《十一月の火》とその周辺

L― 《十一月の火》の詩集はどのような経過で刊行されたのですか？

B― 《シリウス》刊行後、ザヴァッティーニの支持と援助を受けました。その頃彼は、既にミラノに住んでいました。私に小説を書くように、と言ってくれ、大手出版社からの刊行を約束してくれました。それで、書く予定の小説の一種の筋書きのようなメモを創案しました。そのタイトルは《サンダル靴の砂》と呼ばれるはずで、十二章で形成されており、最後の二章は《不思議な訪問者》のタイトルが付けられる予定でした。ところが、その小説は書かずに終わり、その代わりに、詩集《十一月の火》が出来たわけです。これは、《シリウス》を刊行してくれた、同じ出版社のミナルディが引き受けてくれました。彼は相変わらず、とても長けた印刷嗜好のあった人です。それで、この《十一月の火》には、ちょっと特別な紙で印刷したのです。ミナルディは、署名リストにより五十冊を売り、その後に「ブック・バザー」があって、その開催期間に、更に、二百冊を売り、それで刊行物は完売したのでした。ミナルディはさらに、その数ヶ月前に死亡した私の友人ジョヴァンネッリ（第三章その三参照）の本も出版してくれました。これが、ミナルディの出版にまつわる話で、その後彼は、新聞の割付け係りとしても、その手腕を見せていました。

L― たとえ当時、小説は実現されなかったにせよ、話を聞かせよう、とする思いが、《十一月の火》には明らかに見られますね。詩集の中には、〈物語〉と題した詩さえもあります。明らかに物語のトーンで書かれた詩で、そこから得ようとするヒントが、更に曖昧にさせています……

B―　物語のプロットになっており、数行による物語全体になります。

L―　探偵小説、それとも「ミステリー」ですか？

B―　ホラー的センスでなく、夢幻的要素のある、ちょっとホフマン的かな？

物語

秋の夕べに
幌馬車は出発し
もどってこなかった
その捜索がおこなわれた
幌馬車を見た人は誰もいなかった
真っ白に塗られたばかりの車体は
まだ完全に乾いていなかった
乗客は若い未亡人とその幼子
そして二十一歳の若者だった
馬の首から鈴がぶら下がっていた

L―　《シリウス》刊行時には、余り理解されず、遅くなって評価されたわけですが、《十一月の火》に対する受け入れ具合は違っていましたか？

B── 一部ではそうでした。モンターレの有名な書評を考えても充分です。詩集の中でも、周知の詩の一つ〈日記の一節〉は、モンターレの《モテット》の詩に影響を与えたようだ、と云う人すらいました。

日記の一節

ボローニャのフォンターナのレストラン
古着姿の狡猾そうな給仕が
顔に笑みをうかべ　無言で
僕らに小さな玄関の扉を開けた

日あたりの良い誰もいない店は
運河に面しているので
店内はひっそりとしていた
家鴨の群れが水面を滑走していた

僕たちを快く酔い痴れさせた
金色のワインがコップの中で光っていた
愛しい人　あなたの黒い瞳には
草原の火が燃え上がっていた

L―　ところで、エルメティズムに比べて、《シリウス》や、とりわけ《十一月の火》との違いは、「浮世の優しいさざめき」と表出できるもので、事実、貴方の若い頃の作品には、かなり難解な一瞬もあります。例えば〈旅〉とか、先ほどの〈物語〉など）の透明さが一層、顕著になるだけ、とかに依らないと思いますが。

B―　エルメティズムは、フランスのシンボリズムに由来するもので、《十一月の火》では、ことによると、写象主義（イマジズム）の方向へ向かう場合があります。より一層熱望したことにも、ペトラルカ詩風の表現形式には決して達しないのですよ。例えば、《十一月の火》の〈再び　眠れる美女〉は、新しい方法で書かれた一種のお伽噺なのです。この詩は一九三四年にリットリアーリ賞の第二位になったものです。

再び　眠れる美女

眠れる少女の上に
雪が降りはじめる
一羽の雉が森の中を飛んでいたが
少女を眺めようと　そこに停まった

少女は目ざめ
白雪にすっかりおおわれた
彼女の前に停まっている雉を見ると

雉もまた　真っ白になっているのに気づいた

少女は　またとても眠たくなってきた
眼を閉じると　瞼がとっても重い感じ
やがて雉になっているような夢を見て
丘々に葡萄の実る季節のような夢だった

L―　その賞のことなのですが、誰が一位になったのですか?
B―　シニスガッリでした。ウンガレッティが審査委員長で、私が第一位になるらしかったのですが、ミラノの大学ファシスト団と合意の上で、パルマの団体がその賞をシニスガッリに譲る気があるか、と申してきたのです。シニスガッリは年齢を取りすぎているし、大学卒業者なので、審査の対象外になるわけでした。それで私は、「どうぞ」と言いました。
L―　では、《十一月の火》に見られる「写象主義」的側面に、ちょっと戻ってみたいのですが……
B―　〈笛売り〉の詩についてモンターレは、彼の書評に、パウンドを思い出していましたが、実はその頃、パウンドは未だ読んでいなかったのです。

笛売り

黒いビロードの服を着た
二人の笛売りは

谷間の方へ降りて行ったものだ
あたりを見廻さず
歩く様子から
若い二人は
脱走した兵士のようだった

笛を買おうと思い
呼んでみたが　僕の声を聞かなかった
その日から笛売りは
もう僕の家の前を通らなくなった

L―　初めてパウンドを読んだのは何時ですか？

B―　一九三七年でした。リットリアーリ賞の場所がフィレンツェからローマに移動しました。私の友人のピエトロ・ビヤンキは、相談役と主催者を兼ね、それにちょっと携わっていました。その年、私が行事に参加しないことを知っていた彼は、私とニネッタに、一週間のローマ滞在を世話してくれました。私たちにとり、一種の新婚旅行前の旅だったのです。その時にパウンドの《ポエム選集》を見つけ、初めて〈ジプシー〉その他の作品に接しました。

L―　ところで、エリオットの作品〈モンターレ〉の訳出で《シメオンの歌》が刊行されたのは、一九二九年で、また同じモンターレ訳の《泣く娘》が刊行されたのは（一九三三年）、読んでおられましたか？

B―　モンターレ訳の《シメオンの歌》は、とても素晴らしいものでした。

L―　とりわけ貴方は、エリオットの作品の何を重視しましたか？

B―　伝統や現代生活を受け入れることができる詩の言葉の着想と可能性、宗教劇の一節とアイロニーの辛辣さですね。

L―　でも貴方の作品は、エリオットの詩と比べて、素朴さ、その内面に秘られた情熱、その優しい慈しみなどの点で、非常に違っていますが……

B―　《十一月の火》は、とりわけ愛の抒情詩です。《シリウス》出版後、ニネッタとの恋愛が始まったからです。

L―　《十一月の火》を隈《くま》どる愛には、残虐な行為も反映されており、〈恋〉とか〈愛しい人……〉などの詩に見られますが、何故ですか？

B―　こうあってはならぬ理由がありますか？　愛は、とりわけ本当の愛の場合、純愛だけではあり得ないわけです。

恋

マーガレットの花輪にかこまれた月光に
ひ弱く愛らしい瞳は美しく輝き
大空の雲はあたかも草原に駆けまわる
銀色のノロジカの姿を想わせる

その花々は血に染まり……
おお今宵　遥か彼方のあなた
まるで暗やみの海に
帆を揚げる船のよう……

けれども　直ぐに乾いた季節
芥子の花が咲く甘美な時が訪れる
すると　帰ってくるだろう
女になった　あなたが

愛しい人……

愛しい人　僕のそばに来て
たとえつれない態度でもいい
僕を慰めてくれ　外はもう日が暮れて
しめやかに　驟雨の音が聴こえてくる
懐かしいランプの灯に心がうちとけ

しんみりとした雰囲気に満たされる
愛しい人　君のことをもっともっと話して
ひそひそと　伸びた草葉に雨が降るように

L― 《十一月の火》は、描写されていることだけではなく、たとえ描写されなくとも、詩の行間から滲みでる全てに亘り、非常に生気に満ち溢れる詩集です。セレーニが、街の雰囲気や色彩を逆光で読めると思ったのは、偶然なことではありません。このように口述性の高い「率」のある詩が、話術文化の中で生まれ育ったのは、おそらく偶然のことではない、と思いますが……

B― 昔、私たちが集まっていたコーヒー店では、私は殆ど喋りませんでした。ずば抜けて話し上手だったのは、ピエトロ（セレーニ）で、まあ良く喋っており、サイレンのようで……。かの有名な新聞記者のエンツォ・ビアージに、最近スカラ座の初日で会った時、当時、パルマのコーヒー店での集まりに来るため、汽車に乗ってやって来た、と語っていました。私たちのは、イタリアで一番有名なコーヒー店の一つでしたが、私は本当に喋らない方でしたよ。

L― どうしてですか？

B― あの頃は臆病でしてね、その後口達者になりました。ちょっと野育ちの子供で……思春期から抜け出たくなかったのです。時が経つに従い、愛だけに、この反抗心を消すことができました。

L― パルマのコーヒー店には、他に特異な人物がいたわけですね？

B― 一九三〇年から一九四〇年の間には、多くの若い詩人や評論家たちは、教職試験に合格しても、直ぐにミラノやフィレンツェの教師（全員が教師を希望して）のポストが得られないので、「全員」がここで落ち合うようになったのです……そこで一九三九年のパルマに、グヮンダの《ラ・フェニーチェ》叢書が創立されました。

L―　映画の発見とそれへの専念に平行して、ジャズを発見されたことは注目すべきですね。

B―　一九三五年、法学部を放棄して、ボローニャ大学文学部に入学した時、誰もジャズについて知りませんでした。ところが私は、一九三二年から、既に沢山のレコードを持っていました。それで、「文学バザー」誌のコラム欄を担当し始めました。イタリアにジャズを普及したメリットのある人物が、私は第二番目のジャズ通だ、と言っていましたよ。第一の通は、私がレコードを買っていた店主でしたが、残念ながらアウシュビッツの強制収容所で亡くなりました。ところが、その同じ三十五年に、私には非常に重要な他の経験をしたのです。

ボローニャのコムナーレ劇場での〈胡桃割り人形〉の初日に、ストラヴィンスキーが指揮するのを見たのでした。その後に彼の作品コンサートがあり、息子がピアニストとして弾いていました。私とニネッタはとてもエレガンスな服装でした。そのコンサートは非常に雅やかな夕べだったので……。ニネッタがどうして切符を入手できたのか分かりません。その機会に、《レスト・デル・カルリーノ》紙上で、ストラヴィンスキーのインタビューを行っていました。私は、彼のことをピカソと共に超人と見做していたのです。このインタビューで、ストラヴィンスキーはヴェルディを異常に愛しており、ワーグナーは全然好きではない、と述べ、オペラ《リゴレット》のアリア〈女心の歌〉は、ワーグナーの「四部作」全オペラよりも、遥かに優れている、と付け加えました……

L―　たとえ、詩の言葉をリズムや響きに接近できるとしても、貴方の作品――若い頃の作品ばかりではなく、《寝室》に於いても――当世風のワーグナー様式に識別可能な音楽性はないように思われます。貴方の詩の中で大切なのは、とりわけ内面的鼓動と対位法*2……

B― 恐らくそうなのですが、《十一月の火》の私のテキスト〈恋〉から、ルッジェーロ・マギーニがピアノとソプラノのための歌曲を作曲しました。後期ドビュッシーに何となく近いような調性で創作していました。

L― 再び、《十一月の火》に戻ってみたいのですが、貴方のスコアーは、象形的な参照記号に満ちる、非常に目の細かいあみで織られています。つまりラファエロ前派とリバティ様式の効果、モネやボナール的な色彩の瞬き、ピカソとシャガールのシルエット、デ・キリコの反響、モディリアーニの反射など……それでも貴方がロンギに出会ったのは、《十一月の火》刊行の後でした。

B― いつも作品が、私に出会いの時期を早めたり、遅くする、と言いたいところです。《十一月の火》刊行後にロンギと(パウンド)、《インディアンの小屋》の後に、パゾリーニに出会いました……。それらのことが起こりそうな気配を私は感じるのです……。

L― 《十一月の火》の後に、他の決定的なセレーニとの出会いがありましたね?

B― セレーニとの交際は、非常に自由なものでした。文学的な付き合いと言うよりも、むしろ人間的な付き合いでした。

L― 一九三八年に貴方は、学校で教鞭を取るようになりましたが。

B― この教師適性については、後になって気付いたことでした。幼年期からちょっと抜け出た頃でした。時々、近隣に住む読み書きの出来ない年寄りたちに初歩のことを教えるため、トマトの木箱を持ってきて、その上に座り「教師」の役をしていました。滑稽でしょう? その後、父親になった時、私の息子たちに、いつも詩や映画、美術について、とても自然な方法で話しておりました。もちろん、彼らに映画監督になるよう、無理強いしたことはないのですよ……。教育的適性は大事なことですが、私の場合、「教育学」の言葉すら知らずにやっており、当時知っていれば、私を笑わせたに違いありません。

L― 何の科目を教えていましたか？

B― マリー・ルイーズの高校では、非常に論争を招いた校長と合意の上、イタリア語―美術史の組み合わせ授業を獲得しました。

L― とても正しく、素晴らしいと思います。現在もそれを実践すべきですよ。

B― ロンギにはまさに基本的に意義のあることでした。ロンギはこの組み合わせで、あらゆる分野に広く及び、全てについて少し話す仕方が与えられ、映画にも……

次に、一九三四年刊行の《十一月の火》から数篇を読んでみよう。

エニシダ

アッペンニン山脈の裾野のあたり
哀れにまた眩しくかがやく
エニシダの
いたましい新鮮さ
颪と陽光が
おまえを培っている

孤独がおまえを美しく彩って

十一月の火

耕作地の
雑草を焼いている炎は
赤々と燃え上がり
煙はぶつぶつと呟いている
ニセアカシヤの木々の間に
非難している白い霧
それでも煙はゆっくり近づいて
霧の邪魔をする
火のまわりを
子供らはかけまわる
ぶらぶらと何もせず
無分別な子供ら
まるでワインを
飲んだようだ
耕作地のはてで

十一月に燃えていた火を
長い歳月を通して
彼らは楽しく思いだすだろう

少年期の思い出

僕の少年時代のニセアカシヤの木々
口の中で　その若葉が鳴っていて……
涸れはてたチンギョの泉へと歩いてゆくと
熱く火照った僕らの頬をなでるその長い枝
僕らの歩行の邪魔になる枝のまえに
立ちどまり　その柔らかな枝葉を
一掴みにして　もぎ取ってしまう
無意識におこなう非情な仕打ちだ
その中の一葉を選び　唇に軽くあて
歩きながら鳴らしてみる
仲間たちのことも忘れて
とんぼが飛びゆき　遠くで脱穀機の音がする
熱い夢の中にいるように時がすぎてゆく

蝉の鳴き声が　もう聴こえなくなり
早くも夜の帳と静寂《しじま》が僕らを不意に襲うとき
とつぜん　足が激しい思いにとらわれて
息がきれるまで　かけまわる
爽やかな夕べにおびえて　でも幸せに

恋物語

もしもあなたが死んだなら
夾竹桃の植木の合間をぬい　笑いながら
僕の方へとかけてきた
夏のあの日　僕の唇は震えてしまい
あなたを見つめられなかったことを
僕は思いだすだろう
もしもあなたが死んだなら
晴れやかなあなたの眼差し
あなたの言葉と出会いの場　そして陽が
穏やかに消えゆくまでの夏の季節のすべてを
僕は思いだすだろう

四、真の光を求めて

L― 貴方がパルマの国立文書資料館に贈呈された、多くの手稿やタイプ原稿の中には、興味深い未刊作品が沢山あり、その中には、非常に素晴らしいものがかなりあります。これらの作品の多くは、一九三〇年から四〇年代に書かれたもので、《十一月の火》から、次の《インディアンの小屋》刊行の期間に当たり、まるで沈黙を守るかのように見受けられます。

B― その期間は、二つの戦争（註・初め、アフリカ戦争、その後スペインの内戦）が勃発していたので、詩を書かなかった、と自分でも気付かずに断言していたのは、実は嘘でした。とは言え、当時、適切な表現で書けない、と感じていたのは確かです。政治的雰囲気に余りにも圧迫されていましたし、愛の中へ逃避する必要があったのは、絶え間ない排他的行為だったわけでした。

L― ファシズムに抵抗することができる唯一のフォームは、感情、個人、美的センスでしたか？

B― 私の詩の中には見られませんが、私は反ファシズムの環境で育ちました。

さらに私だけではなく、ニネッタや彼女の妹は、危険を侵しながらも、レジスタント活動の貼り紙を持ち歩いていましたから……

L― 《シリウス》や《十一月の火》に収載されてある詩には、貴方の反ファシズムが見えませんが、これは、エルメティズモ信奉者の場合のようではなくて、貴方には、「不在」として社会参加を行う姿勢をとった訳ではないでしょうか？

B――　いいえ、絶対にそうではありません。反ファシズムの精神は、レナート・チガリーニやアロルド・ラヴァゲットのようなタイプ、また同じザヴァッティーニからパルマで吸収したものでした。ところが、エルメティズムの連中は、宗教的でカトリックの立場をとっており、政治には全く関心がなかったのでした。

L――　本当の詩とは、他の人に語りかける必要があるところから生まれる、と誰かが云った言葉です。つまり愛の衝動として、またこの衝動に、文民詩と呼ばれるものの起源があるわけです。政治的要素がなくとも、この意味では、貴方の詩も大変庶民的ですね？

B――　もちろん、それでも、本当に文民詩そのものも書いたことがあります。その詩とは、私の昔の教え子が、パルチザンとして死亡したのに捧げたものです。

L――　貴方は、貴方の本当の光を必要とすることを話しています。では、本当の光とは何なのですか？恐らく本当のことは、単に云うに言えないことなので、明確にすることができないからですか？　エッカーマンは、ゲーテとの対話の一つに『たとえ単純なことでも、「本当のこと」と云う言語表現で、一般的に指摘されることは、たいへん広大なものなのだ』と云っていますが、まさに自然のように捉えがたいものなのですか？

B――　答えられませんね。ともあれ、私は《ファウスト》を読んだことがない、と言わねばなりません。と言うのは、ドイツ語を知らないし、翻訳でそれを読むのは不可能、と思われるからです。或る時期、ナイトテーブルにエッカーマンの本を置き、毎晩、彼とゲーテの対話を読んでいました。

L――　ゲーテにとっても、光は不可欠な要素でした。

B――　《シリウス》の中で、とても明るいと思う詩に、ゲーテの彫像が「穏やかに微笑んで……」います。

《シリウス》から

秋の朝

青白い陽は　まるで熱に浮かされた
ように火照っており　ほとんど
人気のない朝の散歩道を溌剌と歩き
若者である歓びのきわみに達すれば
思わず　くしゃみがでてしまう
露にぬれた芝生　バラ色に染められた
建物の正門に朝陽が輝いている
すべてが快活で「おはよう」と
云いそうな晴れやかさ
風邪と秋たけなわの季節
広場の真ん中でゲーテの彫像が
おだやかに微笑んでいる

L——貴方がセレーニに書いた手紙の中で、デ・ホーホの室内画についてコメントしています。『僕が今、思い廻らしている詩は、時には個人流儀になるが、あることを志向している。つまり、家庭内の親しみ深い家具に沈みゆく、幽愁感の漂う太陽を光り輝かせ、無言の人物像を愛情込めて、その方へと向かわせることに懸命になっている。これもまたプラトニックな錯覚に違いないだろう」のフレーズは、どんな意味があるのですか？　もしかしたら、貴方の追及することと、エルメティックなものとの集中地域を承認することですか？

B―　いいえ、彼らとの論争を避けたいので、エルメティックな人は家具に反照する太陽の効果などに関心をもったことがある、とは考えません。

L―　《天候不順な頃》に収載されている）〈家への懸念〉で、「僕ら、印象派の最後の落とし子には「……事実から模写する……」ことの宿命を話すに至っています。ところが、その後しばらくして、貴方の散文体の書き物に、『事実から創作する』言い方を使い始めています。

B―　これは、ヴェルディから得た言葉です。彼は『事実を創造する』と言いました。[*3]ヴェルディのそれに比べて、私の言い方はもっと広大なもので、神秘的な要素の少ない意味があります。詩集《寝室》では、第一章の全くの空想によるものを除き、他の全ては、本当の事柄から生じる創作なのです。全くの考案で、模倣したとか、そのまま正確に描写したとか、いうものではありません。

一九五五年刊行《天候不順な頃》から

家への懸念

書くことも　生きてもいけない僕
いらだつ僕に　今年の雪どけが

早咲きの菫の気配を感じる証拠を
見せてくれないかぎりは

僕らの春　歓び浮かれたように
一日中　輝きつづける春の陽光
すぎ行く一日の素晴らしさなど
まるで死んだように思いだす

僕ら　印象派の最後の落とし子には
おそらく事実から模写するしかなかった
これを書くあいだ　雀の群がる上に
雪の雫のしたたれ落ちるのが見える

ローマ、一九五二年

それでは、《天候不順な頃》から一篇をさらに読んでみよう。

五歳のベルナルド

しかたなく挨拶する幼児の手に

お前のはにかんだ眼差しにある悲しみ
これから体験する生涯の悲しみがもう
お前の虚弱な骨格にのしかかっている

光の中に立ちわたる霧の糸を
静かにほどいてゆく秋のある日に
とつぜん　遊びは中断して
急速に近づく冬の季節への懸念が

なんと　ここの皆の心に浮かび
一夜の内に　地上に落ちた
多くの葉っぱで　見事に道をさえぎる
場所に　お前を独り取りのこしたのだ

微かに首を振り　そっと笑みを浮かべ
お前は挨拶をして　一瞬　ものかげの
影になったまま　いまは僕らの不安な
思いの中に救いをもとめ　駈けてくる

五、生彩のある言葉

L―　五一年刊行の《家からの手紙》での斬新さは、物語体であると同時に抒情詩であることです。二十世紀のいわゆる叙述家とされる他の詩人、とくにサバの作品と貴方の作品について、誰かが提案した比較で、これらの詩を再読すると、道が外れるように思いますが。

B―　私はサバの熱心な読者ではなかったのですよ。本当に不思議なのですが、子供の頃、ウンガレッティは良く読みましたね。ところがサバの作品では、詩よりも物語の方が好きです。私の好きだったのは、モンターレの《烏賊の骨》です。ウンガレッティの作品は、全て大好きです。ところで、彼も私を非常に可愛がってくれました。ウンガレッティとモンターレは互いに余り仲が良くなかったのですが、この二人の詩人を称賛するばかりではなく、ある意味では、尊敬と愛情を保ち、二人の間を上手く切り抜けて行かねばならなかったので……。ウンガレッティは、より開放的で寛大でした……。

L―　勘違いしていなければ、二人との貴方の交友は同時に贈られた二枚の絵に結ばれているとか？

B―　五一年に、モンターレがヴィアレッジョ賞の審査員長を務めた時、主催者側と大論争を起こしました。ヴィアレッジョの市政は左派、と見做されていたため、資金が少なかったからです。彼は、自分の本（それが、彼の書いた本の中で一番素晴らしいもので）に受け取る金より、私の賞金が少ないことを気遣って、彼の描いた絵を一枚、プレゼントしてくれ、「これを売って、金にすれば良い」と言ってくれました。一方、絵を描かなかったウンガレッティは、フォートリエの作品で、一種の銅板腐食画法による連作作品〈人質〉をプレゼントしてくれました。これには、フォートリエのサインがあるので、大した価値のある物です。
L― では、《家からの手紙》に話題を戻してみましょう。これは、詩集《インディアンの小屋》の内部に収合されていても、この一連の抒情詩は、それ自身で一冊の本として解釈できます。貴方ご自身、セレーニ宛ての書簡中に（四八年の）『狭い家庭環境の中での喜びと悲しみのある、身の上話で、わりと釣り合いの取れた、要するに一冊の〈本〉で、詩集ではない』、と話しておられますが。
B― そうそう、思い出しますよ。私の作品でも重要な部分です。ここでは、特別に様式的変化がなく、その後に、《冬の旅》がくるわけですが、私には大切な本となっています。幾つかの章に分かれた日記のようなもの。
L― 貴方の詩の中で述べられる「日記」の用語は、単なるメタファーの意味をいつも考えての話ですね？
B― いつも、いつも。
L― これらの詩の中に、何かカルダレッリ的な抒情詩がある、と誰かが云っていましたが、カルダレッリを詩人として愛好されましたか？
B― そうでもありません。つまり少なくともウンガレッティのようには、好きではなかった、と繰り返しましょう。とは言え、彼の詩の幾つかは、そのくだりに好きなのがあります。彼は詩壇のスターにはならなかったし、誰も彼の詩を真似した人はいなかったように思います……それに、手に負えない人でね。言うなれば、ありきたりの芸術理論家としての定評がありました。本当に今ではすっかり忘れ去られました。

L― 《家からの手紙》の中の詩、〈詩人とその街〉、〈ソネットの練習〉ですが、この二つの詩は、パルマの詩人アンジェロ・マッツァ[*4]へ理想的に献じています。時間の隔たりを経たこの接近は、どんな意図から生まれたのですか?

B― まさに、詩人とその繋がりが、そのテーマになっており、パルマのサンタ・クリスティーナ教会の入り口の上に書かれてある言葉『アンジェロ・マッツァ、敬虔な心の持ち主へ……』からヒントを得たのです。

L― 貴方の街の人の記憶から薄れていった、その遥かなる金色に輝く優しさの中に閉ざされたような詩人と比べてみる必要性とは、ひょっとすると、時の〈墓〉を考えると、詩の言葉とは、常になんと脆いものなのか、という悲しい自覚から来るのではないのですか?

B― そうです。でも、貴方が悲しい自覚と云うのは、例えば、印象派画家が戸外に佇むように、ある種の安らぎのイメージを開くものなのですよ……

一九五一年刊行《家からの手紙》から

詩人とその街

好天の朝　パルマの橋のうえから
遠望する家なみが神秘的に思われ
そこに青い野原や低い丘々を見いだすなら
静かな郊外に影が長くのび　ポプラ並木の

枝々の揺れ動く一日を約束してくれるなら

活気のない日から　君の時代から
僕を呼ぶ君もまた　失意にみちて
僕の人生を封じ込めるこの街の
憂愁の詩人の君は　休暇を楽しむ
僕の歩みに追従してくるのだ

金色の漆喰で緩和された壁の優しさの中で
雪深い冬でも開けっ放しの屋上テラスの下
もはや炎のように真っ赤に染まった
曇りがちな秋の夕べの陽気さに包まれ
君の人生をこのように閉じたのだった

街の郊外へと広がる地域の背後に
抑揚をつけて　しわがれ声で叫ぶ
行商人たちの声がしだいに遠ざかり
小さくなって　消え去ったあとの
田園都市には　やがて訪れる春が

僕らを待つ小道がある　ここでは
か細いニセアカシアの木立のある
まがり角の橋が　一年間の疲労を
見せ始めると　侵食した小さな壁は
その安らぎをそっと与えてくれる

この路上では　たえまなく流れる水
さらさらと鳴る木の葉などの静けさで
喜びや不安は　あまり長つづきしない
時間と　また歩みはじめた人々の
ほほ笑みの中で宙吊りに在る街に

突如として真昼があらわれて
優しい影を遠ざける
現在と過去を生きる幸せな人々
できるだけ長く新鮮な陽を楽しもう
と願う足どりで歩む人々は

僕や君の詩には　気づかない

ソネットの練習

敬虔な心の持ち主アンジェロ・マッツアへ

おぼろ雲に蔽われて　この一日の
はてゆく光は　見すてられた詩人
君の名前のきざまれた惨めで質素な
大理石を優しく真っ赤に染めている

君を取りかこみ　感動する街は
敗北した君の名前をおだやかに
楽しげに無視し　緑の平野から
カッコーが悲しく別れを告げる

季節の回帰に迷いこんだ街　やがて
晴れ上がるアッペンニン山脈のかなたに
最初の雷雨の止んでゆく　黒ずんだ平野

だが夕べになると　僕らの心をみだす
温和な混雑が君のにがい影を勇気づけ
僕は　君の心を変えてゆく

L―　忘却の中にも一種の正当な行為のあることを、いかにして示唆するためですか？　それとも、忘却を通して人生も、従って詩がいかに更新されるか、と云うことですか？

B―　まさにその通りです。エリオットの思惟を解りやすく言い換えて、どんな終わりにも始まりがある、と言えますね。

L―　《家からの手紙》では、視覚的な側面から述べるならば、光の暈やその反射が非常に多く見られます。でも、音楽的な側面を付け加えたい、と思います。音色が、その一連の明暗とか、「色褪せた」色調と一緒になり、対位法の手法で自在に動いており、心理面に於いて、忍耐強い気持ちと焦りを誘いながら、絶え間なく倍増してくることです。

B―　詩集《寝室》までは、私の中に回帰する何かです。その詩集の中でも、ビリヤードをしている友人を待つ間に、その登場人物が「焦りと我慢でくもってくる笑みを浮かべ」るように。

L―　真の光を求めるたびに、忍耐を必要とするなら、焦燥感の一部がなければ、恐らく体験しようとする衝動的行為そのものが消え失せないかも知れませんね？　フィッツジェラルドが一九二一年付けの書簡の中で、「停止していることは不可能だ、と思う。前進するか、それとも本気で元に戻るかだ」と書いていますが。

B― 本当にそうです。それでも人を前進させ、動いてゆく生命もあるのです。

L― 《家からの手紙》の中で、少し異常なタイトルは、〈《ラオダーミア》から〉ですが、原稿の状態で残された貴方の演劇用の成果ですか？

B― 夫婦愛が常にモチーフになっています。ラオダーミアは、古代スカンジナービアの浜辺ではなく、トロイヤの浜辺で最初に犠牲になった英雄の妻でした。彼らは結婚したばかりの夫婦でした。ドラマでは、彼の死ぬ前に彼らの愛を妬む合唱がありました。つまり一般市民たちで、この夫婦の幸せを憎んだわけです……。この話がとても気に入って書きました。

一九五一年刊行《家からの手紙》から

〈ラオダーミア〉から

……………………………

この道ばたで私を休ませてくれ
また大空の綿状の白雲を悠然と
動かし　私の頭上に歩ませてくれ
疲労が両膝にとどまるか　それとも
心臓までかすかなインパルスで上昇し
ゆっくりと顔全体に赤みが増す
とは言え　どんな夜の声が今の

私の孤独をさらけ出し　大空の
遥かな燈が突然明かりをはなち
黄色いきらめきが目にそそぐのか？
爽やかな風のそよぎ　星の弱々しい
瞬きが　誰もいないこの小さな橋のたもと
私の足もとを流れる水に生気を与えている

L―　この詩の着想になった基礎に、他のエリオット的な手掛かりが得られるように思われます。最新的な糧を得るには、古典を重んじる意識で比較する新しい必要性ですね？

B―　ところが、この演劇のアイデアは実現されませんでした。或る時点に至り、セレーニ宛ての手紙の中で、それを実現するのは何か「とっても大変な」こととして、それを説明しています……

L―　事実貴方にとり、古典文学を重んじる意識とは、人間の自然な在り方と一致するしかない、と考えますが。

B―　古典文学は、私なりの方法でいつも読みました。その完璧さどころか、人間味のあるところが好きでした。《アエネーイス》[*5]では、半分ずつに残された詩行が非常にすきです。何か、不整脈のように聴こえてきて、リズムが中断し、そうでなければヘクサメトロ[*6]が執拗に感じられ、何だか心臓のリズムを真似するように、それをやっているように思われるのですよ。

L―　不整脈的なリズムが豊富にあるにも拘わらず、ある純粋さとか、観念的な完璧さを絶対に目指さない《家からの手紙》は、貴方の作品中、最も優雅な一節のある詩集の一つに思います……

B―　私の詩に〈優雅〉と云う言葉が使われるのは、全く好きなことではありませんよ。
L―　では、あの古色蒼然とか、プルーストが云っていた「フォンデュ」[*7]、それとも、チタ－ティの『知能のビロード』として描写する、あの感じが一層透明な光で輝いている一節の一つ、とでも云いましょうか？
B―　これには何も言うことはできませんね、私は貴方の被害者にしか過ぎませんから。

一九五一年刊行《家からの手紙》から

おお　陰気な菫

屋根には　まだ香りの残る
白雪が輝く僕らのところへ
あまりにも早くとどけた花
おお　陰気な菫……

街は陽光でみちあふれている
悲しげなヴァイオリンの音　弱々しく
ドラムが気のなさそうに伴奏している
時はゆっくり経過し　人は死んでゆく

バラ色　黄色　薄紫の……

秋のバラ色　黄色　薄紫の
この花々　あなたの泣いた眼は
日々のおだやかな情熱に
妙なる月日を使いはたす

朝早く　ふいに立つそよ風に
葉っぱが少し揺れ動いても
ぬれた眼を乾かさず　あなたの涙は
とまらずに　無言なのはそよ風だけ

六、霧の感触

L―　それでは小詩、《インディアンの小屋》についてですが、この詩について初めて知らせたのは、一九四八年八月一六日付けのセレーニ宛ての手紙だったと思いますが。

B―　それから、自分との戦いがあり、抒情詩から本当に開放される初めての方法となりました。《寝室》を準備するための、一連のカルトンだ、と誰かが言っていましたが、そうではないのですよ。《寝室》では、全てが事実から創作されており、一方、《小屋》に出てくる多くのイメージは、事実からの創作ではありません……

L―　むしろ逆で、様式の新しい理念から生じて真実となったのではないのでしょうか？

B―　恐らくそうでしょう。この小詩を書きながら、幸福感に満たされました。本当に、過ぎ行く時に従い変化する事柄で、四季があります……

L―　「季節は訪れ、去ってゆき……」

B―　エルサ・モランティは、冒頭の「家の背後には、十一月の靄《もや》の中に‥」の言葉を、とても気に入ってくれたのが思い出されます。

L―　ええ？　「霧の中」ではないのですか？

B―　「靄の中」は、初版のときの句で、その後に変更しました。

L―　とりわけ、言葉の調子、響きが素晴らしいですね。穏やかで、話し言葉の口調で、魅了されます。その魅力を感じたとたんに、その調子はもう転じており、新しい音調に捕らわれているのです。

B―　少し神秘的なものがあり、霧の中を歩いている少年たちは誰でしょう？

L―　アッティーリョでもあり、ベルナルドとジュゼッペの兄弟かも？

B―　いいえ、既に死んだ子供たちかも知れません。私はこれを考えていて……。とは言っても、《小屋》は一つの墓で、幼年期の墓だ、と誰かが言っています。

L―　この種の「ジャンル」の物語で、一種の絶え間ない環境変化の戸惑い、軽い眩暈を引き起こし、貴方が展開する状況描写、出現させる人物の中に抵抗を感じないで、魔法にかかったように、私たち読者は詩の中に入ってゆくのですが、私たちがどこにいるのか、いったい誰なのか、良く解らないのですが……

B―　そう、まさにそうなんです。どの点まで、意図した効果なのか判りませんが、創り上げるイメージの中に没頭するのがとても好きな私でして。それでは、貴方に聞きたいのですが……、テキストは三部に分けられていますが、それらの間に違いが見られますか？

L―　《小屋》は、ミニチュアでのロマネスク様式建築物だ、と以前、私は書いたことがあります。そのように、建築要素の効果の不規則さはあり得ません。とは言え、支えている建造物ばかりではなく、結合する構成要素などもまた、軽い眩暈を起こす一つの事実です。時を表わす言葉などが……。

B―　本当ですね。全てが現在、過去、未来などの絡み合いになっています。

L―　この絡み合いは、一種の円形の渦巻きの中とか、それらの時が絶え間なく転生するように開かれており、永遠に周期的な時のような感じがして、読者を優しく巻き込んでゆくわけで、ここまで全てが可能です。生者が既に死人となり、死人は生き返ってくるとか……

B—《天候不順な頃》中の〈子供らは、下校後、菫摘みに遣らされて〉の詩で、「身をかがめた子供の中に／その熱心な動作の中から／蘇生する死者たちへ……」と語っています。

一九五五年刊行《天候不順な頃》から

子供らは下校後　菫摘みに遣らされて

その時が来れば
自発的な心の
本性をそなえる子供は
葉かげに咲いていた菫のような
秘めやかさで　摘みとり
根気良く　ひろい集めた
多くの菫が必要となる

身をかがめた子供の中に
その熱心な動作の中から
蘇生する死者たちへ届けるため
他には花の見あたらない
今の季節の野原では

薫り豊かな花束を作るのに
多くの菫が必要となる

L―　此処と今、そして他のところからの間の揺らめきの効果は、現実と霧、と云いましょうか、非現実性を彩る事柄の間での出会いにより繰り返されています……。ともあれ、その後に、霧の中から（あるいは時とか記憶の中から）それらの事がいつも鮮やかに、具体的に浮かび上がって来ます。
B―　《小屋》には、農業用具など正確なこともありますよ。
L―　《小屋》の詩風は、表面的には簡単でも、複雑な嵌めこみ細工であり、ここから新しい光景の可能性が生じています。小詩を書かれた時の喜びは、ちょっと、十五世紀の画家たちが遠近法を発見した時の喜びのように思われます。
B―　ああ、これは素晴らしい。詩で書かれた叙述文学は、常に存在していたのは事実です。――ロマンス詩など――ところが、この作品は新しいものです。とは言え《小屋》を解明した論文をまだ読んでいません。
L―　これほど神秘的なテキストについての他の説明を試みるには、（四八年刊行の）貴方の翻訳によるワーズワースの作品が基準点に見られますね？
B―　そうです。全く正しいことです。《小屋》には、彼の要素は何もありませんが、《小屋》の背後に、彼との出会いがあるのです。
L―　翻訳は、いつ頃から始められたのですか？
B―　戦時中、イタリア陸軍の兵隊のふりをして、市の司令部に所属していた時です。友人で、私の上司（少尉）が、ミラノの軍団に様々な物を運ぶよう、私に依頼しました。その時、ヴィットーリオ（セレーニ）に会いに行きましたところ、彼が『ヘミングウェーのこれ、訳してくれない？』と云いました。その本は、《アフリカの緑の丘》で、ヘミングウェーでは余り有名ではない作品です。

こうして始まったのですよ。翻訳することは、常に最上の訓練です。時には、先輩の偉大な画家たちの仕事を真似した画家のように、詩人もその訓練を行うべきです。

L―　詩集《インディアンの小屋》は、小詩の題から名付けられたもので、その詩集には《家からの手紙》と、さらに最初の詩集からの撰詩も含まれている本です。この詩集で、貴方は五一年にヴィアレッジョ賞を受賞されただけではなく、一人の特別な読者、パゾリーニの関心を呼ぶに至ったのでした……

B―　パゾリーニは、実に模範的なケースです。彼の書評はとりわけ素晴らしく、それまでに書かれた、他の全てのとは違っていました、

一九五一年刊行《インディアンの小屋》から

I

家の背後には　十一月の霧の中に
屋根の頂がぼんやりと浮かび上がり
耕地と境界をなす場所に建てられた
農村の質素な家屋は　うすれゆく霧に

かこまれ　可愛い姿を見せており
インディアンの小屋と呼べそうだ。
ここでは　季節のおわりの
陽光のおかげ　種蒔きの周期を
おえた後でもあり　野良仕事の
道具がさかさになって立てられ
丹念に注意を払い　棒くいが
たがいに交叉されているので
秋の静かなあずま屋になりそうだ。
人気のない場所へと通じる
かたい地面には　寒さを呼ぶ
他の生き物が小径に居るのに
気づかない小鳥[*8]が遠くから
鋭い落ちついた眼で　赤みがかった
最後の液果を見つけたのか　真っすぐ
そこへとぴょんぴょん跳ねてゆく
とは云え　朝の冷気の中で僕らの心を
こんなに捨てられるのは　どんな期待を
僕らにもたらすのだろうか？　腐った

去年の藁のほか　このなれた静けさを
のぞいて　僕ら子供の口にとり　どんな
甘い食べ物があり　小道はどこでおわり
どこで消えてゆくのだろうか？
草木の裸の幹と幹のあいまに立つ
灰色と赤に染められた静かな住まいの
秘密の場所　僕らにとざされた夢として
その街が現れるところまで　平野全体を
いま　昼の陽が晴れやかに照射している。
おお　天気はこんなに穏やかだろうよ
正午の日射しの中を　行商人の丁寧な
売り声や　青色の雨樋に命中した
投石のあざやかな騒音などが
わずかに静けさを破っている。
すると　しじまの中に僕らの家族の
叫び声が聴こえ　しだいにちかづいて
不安げな声になり　それから弱まり
霧の中に消え失せる、正午をすぎると
陽射しの少し変わる今日この頃では

霧の深まるのも早く　望みなくすでに
夜の帳が降りてくるように思われる。

その隠れ場所の中に横たわり　うずくまった僕らの
身体　隠された僕らの顔　痛む
膝などに冷めたく触れる草は　もう
枯れはてた　冬の固い草になっている。
それでも一年を通し　より甘美な季節
その腕木で　空き家を取りかこむ
垣根の葉が散り落ちる時には　すでに
地面の色となっているのにうろたえた
雀には　懐かしい部屋となってくる。
僕らが来たかったこの場所に来ると
霧深い朝に歩いても　疲れないことに
気づくのだ、やがて金物の容器の中で
牛乳の揺れる音を賑やかに立てながら荷車が
通りすぎる時　つかの間の陽光に男は眠り
馬も寝ぼけて　辛抱強い馬のおぼつかない
歩みで　馬車は遠ざかってゆく。

ほのかに見える家は　十一月のいつもの
夜明けの　わびしい眠りにつつまれていた、
季節の転換期の復活祭のころになると
地面にかるく触れるように鳴り響く
鐘の音がのびやかに聴かれるのだが。
鎧戸の陰では　家族がつらい思いで
目覚める時だった、閉ざされた台所では
最後にのこった瀕死の蝿がブンブンと
音を立てて飛んでおり　秋にはじめて
燃やす暖炉の火が　寒がりのプリマドンナ、
若い意地悪ばばで　嘘つきな山女にまで
がまんして　赤々と良く燃えあがっている。
彼女の吹く息や　細い枯れ木を上手くあやつる
その手つきで　室内はもう明るく照らされて
今し方開かれた窓から　断続的に忍びこむ
霧の幕で　室内はみたされてくる。
ところが時は過ぎゆき　昼になると
他の窓は　いやいやながら開けられて

むしり取られたキズタや脆い漆喰に
窓枠がかすかに触れている。耕された
畑に僕らはすわり　静かに周辺を
注意深くながめると　まず二人の
少年の足もとだけにゆっくりと
しだいに立ちこめる霧の吐息が
やや湿っぽい土塊をこなごなにして
それから　果てしなくつづく時の中で
昔からの　幼なじみの友たちが
霧の中に現れ　ひそひそ話の声とともに
消えるのが見えるまで　霧はますます
少年たちの近くに忍び寄ってくる。

冬の休耕に　もう準備のできた
種のまかれた平野には　のどかに
昼の日が昇ってゆく　それでも
今日は　椋鳥からにも捨てられた
珍しい穀物を　ぶどうの枝の上で熟させる
最後の光の背後で　平野は見えなかった。

陽のぬくみで　家の壁が生暖かくなり
乾燥したローズマリーの小枝に
さえぎられてか　ドスンと小さな音を立て
漆喰が壁から落ちてくる、ここから
見えないが　窓の開いた部屋から
女が楽しげに歌うのが聴こえてくる
晴天と忘却の調べの孤独な歌声だ。
遠くのほうで飛んでいる一羽の鳥が
ひそかに　その儚い影を落とす
地上では　すぎゆく時がとても
貴重であることを誰も思いださず
もう　誰も僕らを思いださない。

II

やがて冬が訪れると小屋は
見すてられたプレゼピオ[*9]
遠い西方の　素朴な住まいとなる。
湿っぽい眼にバラ色と青に映る
曇りがちの宵　家の扉が

賑やかな叫び声とともに開かれると
夕やみが　玄関口の長い廊下に
忍びこみ　突然　やわらいだ
季節に歓びあがり　外へ飛びだす
朗らかな子供らに　ゆき合う。
ああ、夜が近づいて来るほどに
実りゆたかな地上はさらに澄明に
日が暮れ　雪におおわれた山峡に照映して
わずかに　淡青色に輝く光の中で　その時
昔のままのあばら屋に　再会するのだ。
身をかがめ　敏捷に跳び上がり　最初に
中へ入った者は　彼をむかえた家の
温もりが　彼の両頬や遊びですりむいた
ざらざらの膝に　キスする素晴らしさは
すごく格別なものだよ　と云う。
とはいえ　もう余りにも暗くなった戸外が
分かるのだ　外見では……冬の終わる時
昨日か明日か　はたして何時だか判らぬが
一日の最後には、はかない喜びよ、

もはや　お前はすり減らされたのだ。

季節は訪れ、去ってゆき　五月が
戻るころ　庭の陰と陰の間で光が
陽気に眩しく輝き　かげろうの揺らめきや
テーブルクロスが　光を浴びて
サクランボの赤に塗られているのを
見た時　すっかり心をうばわれ　目を見はった
僕らの眼も　間もなく眠気で瞼が重くなり
お喋りをする間に　あまりにも早く夕景が
空しく消えゆくのに気づかなかった。
翌日　僕らを目覚めさせる夜明けの声よ
夜に閉じられ　ふたたび開かれた窓の上の
明り取りを緑に染めて　お前はもう
立ち去ってゆき　僕らは光の輝きと
草葉でまじえた金色の網の虜になり
朝はためらい　時は果てしなくつづいてゆく。

或る日は　他の日と変わらない

しかし　柔らかな腕をむき出し
走りながら　草木の陰にかくれた
若々しい顔に　傷から斑点へと跡を
残す情熱は　他の一日を記しており
さんさんと輝く日暮れ時　埃にまみれた
親しい客が現れ　ゆっくり近づく姿
その声は　まだここまで届かずに
遠くから笑みを浮かべる黒い瞳が
話しかけており、落陽で色づいた
背の低いブドウの木々の合間から
とつぜん　姿を現した犬が吠えている。
走行中の僕らの足もとに冷たく触れる
マーガレットや　かもじ草のうっそうと繁る
車道に快く入ってゆくところ　ぼうぼうと
草の生えている　あいまいなコハク色の堤防
その曲がり角の　チンギョの泉の守り主、
そこでどれだけ　どれだけ多くの日々が
したたり落ちては　過ぎ去って行ったことか。

黙って次々に後についてゆき　各人
離れたり迷子になったり　それでも
競技に　全員が真剣に心を集中した
初夏の時間はどこへ僕らをみちびくのか？
村境の彼岸には　他の水の流れが
小川に入り　不動の雲が浮かんでおり
鳥の飛び交う空の下　見しらぬ草木の
美しく育つ村の周辺は、不安と驚きの
思いに満たされ　心がうちとけてくる。
伸びた草の静けさが僕らを抱きしめる
だがとつぜん 木々の小さな葉がさらさらと
そよぐ音　でもすぐに鎮まり　木の葉は
悲しそうに　他の思いにふけってか
僕らを拒絶する　もし強く望むなら
木々に向かい　その訳を問い糺して。

僕らをひどく苦しめる　あの永遠の
未来の至福の前ぶれ　未知の
震えるような気配が　いま思いがけず

僕らの心を動揺させたところ　そこへ
着くのに　お前の確かな足取りにしたがい
どんなに遠い道のりを歩いたことか。
僕らを引き離すため　お前の中に見いだした
強さに自信を持ち　指示するお前
小径の分かりにくい道ばたで　僕らの
信頼を取りもどしたのだった　それは
夜露と家族の声で潤った朝の時間の
駆けっこだった、やがて家に近づくにしたがい
僕らは　申しあわせたように黙りこみ
鎮まってくる心臓の鼓動を聴きながら
生暖かい家の壁に寄りかかり
骨の疲れを癒したものだった。

あたりは　正午になると活気づくのだが
こんなに穏やかな場所に再会するだろう
とは　絶対に思ったことはなかった
だが人生の煩わしさが僕らを襲ってきた。
一方　陽光は弱まり　雲のうつり具合や

降雨を前に涼しくなった今　暗い部屋の
中にまで高くさえずる声が聴こえて　燕の
空中を低く飛ぶ様子から　日はしだいに
変化しているのを　僕らは感じるのだ。
夕陽が射した時　水路や柔らかな黒土
ふたたびゆっくり乾いた壁にさんさんと陽が
照りつけて　平野は僕らの眼前に明るく
広がっていた、存在することの
絶頂の幸せが　大気に在った。

夜に降るしめやかな雨後の朝に
八月が終わってゆくように
秋の訪れが　そこまで来ており
（大空はさらに透明になり）
周囲を見わたし　何をすべきか分からなく
すべてが新鮮で　当惑して心が頑なまでに
陰鬱だったのが一新された感じがする。
すると　歩きまわり　おとなしくなって
まだ時間のあるのを解っていても　やはり

その年が終わらねばならぬことだし
快晴の空　草木の色に塗られた緑
乾かした自転車の車輪の赤
遠くから響いてくる鉄敷《かなしき》の音
日中の精根が落ち　まもなく
出発の時だ　と皆が語り合う、別れの時。

記憶とは　迷い込み　短い精神的
不安のあとに　安心してふたたび出会う
道である、背中が焼き付くように
照り返す九月の太陽に　白ぶどうの
入った籠の上を　ブンブン飛ぶ蜂が輝いて
粉にまみれた老人が　注意深くふるいをかける
小麦の騒音が秘かに　たえまなく聴こえ
その音が　蜂の羽音にまじり合い
来年の夏の感覚を誘いだしている。
彼がそこにいるかぎり　僕らのところでは
天気が良い……。

Ⅲ

熱いさかりの時に　お前の頭上高くを
通りすぎた鳥は　どこへ飛び去り
人気のない小屋　お前を組み立てる
棒杭やアカシヤの若木の幹などは
陽光が　ひっそりと瞬いている間に
冷気で傷つけられたのか？
鳥は東に飛び立ち　落ち葉の下で
たえまなく　あふれ出る水のように
生きることが　いっそう愛おしく
感じられるときに　僕らの愛するこの場所
その下に広がる　裸の平野が儚く見えた。
遠方に横たわる街　橋や塔に闇夜が
迫って来る時　僕らのところの川よりも
もっと広大な川に目がとらわれていた
とはいえ　急ぎながら沈み行く光でも
ここでは　数時間の光が残されていた。
ここでは　黄昏時　大空が地上に送る

あの短い最後の別れの挨拶や　迷子の鳥の
ゆくえを　疲れた僕らの目で追うにまかせ
鳥は　牧場の草木の長い影を励まし
優美に躍動して　消えゆく陽光に
吸いこまれた家屋の　もろい蛇腹をこえ
もっともっと高く昇って　飛んでゆく。

燕が往き来する時期に
子供の心の中の水滴のような
場所……
僕らが来たかったこの場所にきたのだ。

＊1　パルマ市から南へ数キロ離れた地区、詳しくは本書、第四章《蝋燭と幼児》を参照されたい。

＊2　一声部が特定の主題で曲を開始し、次に第二の声部が同じ主題を楽曲の冒頭とは異なる音で模倣し、続いて第三、第四の声部により、同じ主題が、様々な間隔を保ちながら連続して導入されていく作曲技法。

＊3　作曲家ジュゼッペ・ヴェルディが、一八七六年にマッフェイ伯爵夫人宛の書簡の中で、「……事実を模写することは良いことかも知れませんが、『事実を創造する』ことは、遥かに、もっと素晴らしいことです」と述べている。（松本康子訳《ヴェルディ・書簡による自伝》カワイ出版）

＊4　一七四一年パルマ生まれ、一八一七年同市で死亡。アルカディア派的文体から新古典主義派移行の

代表的文学者。
＊5　古代ローマの詩人、ウェルギリウスの叙事詩。
＊6　特に古典の叙事詩に使われた、六つの韻脚から形成される詩行。六個の長短短格（ダッティロ）で形成される。
＊7　特に文学に於いては、或る言葉から他の言葉へ移行する際、激しく変化せず、柔らかに双方の言葉が融合するように結びつけてゆく作風。
＊8　この鳥は、ミソサザイ、と見做されている。（パオロ・ラガッツィ監修の《ベルトルッチ全集》から）
＊9　キリスト降誕のシーンを表現した模型で、クリスマス前から、一月六日（ご公現の祝日）頃まで、教会、学校、家庭、店舗のショーウインドーなどに飾られる。

第三章　不可避な旅

一九五一年四月に、ベルトルッチは単身でローマに移転し、ロベルト・ロンギ所有のアパートに仮住まいする。バルベリーニ広場からコルソ通りへ繋がる、トゥリトーネ通りの家で、他の二人の友人との同居生活が始まった。（詳細については、第一章　人生の概観参照）

一、ローマの小頌歌

L― ローマへ転居されたことについて《寝室》の中で、「ほとんど訳もなく」と定義しています。この「ほとんど」の言葉について、質問させて頂きたいと思います。本当の理由は何だったのですか？

B― 最も現実的な理由は、こうだったのですよ。私たちは既に結婚して、私たち家族は父と一緒に暮らしており、高校で美術史を教えることができ（選考試験はなかったし、適性検査で充分）ました。ところが、私が志向する職業面での道は開かれませんでした。そんな頃にレオーネ・ピッチョーニとジューリオ・カターネオが、私にマスコミの分野での素質があるように思われるので、ローマに行かないか、と誘ってきました。今、考えると随分古くさく思われますが、ジャーナリストとして《ガッツエッタ・ディ・パルマ》の新聞で働いた経験があり、美術や映画欄の寸評などを書いていました。ところが、特にＲＡＩの第三番組（ラジオ）用の放送記者もまた、当時は非常に将来性があったのです。

L― とにかく、貴方には一種の冒険だったわけですね？

B― 移転後、暫くの間は定職がなく、事実、二年間はまだ教えていましたが、働く手段はいろいろありました……

L― その時代のローマの学校の雰囲気はどうでしたか？

B― ローマではウエルギリウス高校で美術史を教えていました。引続き、全ての分野に亘って話していました。美術から始まり政治にも触れ……。私の生徒たちの中に革命家がいて、彼らとも討論することができました。様々な人との話し合いが可能でした。「冷戦時代」にも拘わらず、我々は前向きでした……。ところが五三年に一ヵ月間、学校を脱出して、パリに行きました。ヴィッラ・デステ・モンパルナッセ賞受賞者に与えられるフランス旅行で、ウンガレッティのお陰で、そのチャンスを得たのでした。私の勤める学校の校長が一ヵ月の欠勤を許可してくれ、さらに給料も払ってくれました(今ならば、これは検事当局からの捜査の的になりますが)。実際には、数ヶ月間のフランス滞在が可能だったのですが、「懐郷の思い」に駆られて……。ニネッタは子供たちのために来れなかったからでした。

L― それで、二年後になって学校はどうされました?

B― 私の友人のティート・ディ・ステファノは、ENI(イタリア炭化水素公社)の広報部長になり、社誌の創刊を希望していました。この編集長のポストに、真の有能な新聞記者の名前が既に挙がっていたのです。ところが、私の生徒たちは、私がENIの社誌《野生の猫》に採用されたことを知らずに、学校での再採用が確認されない、と思い違いして、抗議デモを企画したのです。文部省の方で、私の教え方を好まないからだ、と生徒たちは心配してくれたわけでした……

L― 五三年には、他の監督二人と共に、《女と兵士》の映画制作に協力しましたね? 物語は中世に時代設定がされており、パルマの郊外で撮影されましたが……。

B― 私のとっても好きだった場面を一つ書いただけですが、勿論、撮影は行われませんでした。監督の一人は、やや形式主義の傾向があり、他の監督は素朴さを望んでおり、意見が対立して……。二人で映画を製作することは無理ですよ。

L――映画界に近い所に居て、シナリオを書く気になったことはありませんでしたか?
B――私に向かないことを判っていました……。でも、RAIの第三番組の《話題の夕べ》と呼ばれる放送のテキストを書いたり、十以上の記録映画(その内の幾つかは、ローマに行く前の四十七、八年にも)のテキストを書きました。イメージについては、モンタージュの間に考案しており、イメージと話し言葉を上手く一致させるのは、容易なことではありませんでしたが、なんとか上手くやっていました。
L――これらの記録映画の話題はどんなものだったのですか?
B――話題はさまざまでした。ロマネスク様式、パルマ公爵夫人(この映画は大ヒットして、フランスでも上映されました)、プーリア地方、ヴェルディの家、ラグビーに至るまで。
L――これらのフィルムは映画館で上映されたのですか?
B――もちろん。映画の後にいつも十分間の記録映画がありました。
L――前述のENIの社誌《野生の猫》やRAIの職場の環境は別として、ローマで交友のあった人は誰ですか?
B――文学界の多くの人たちと会っていました。
L――モラーヴィア[*1]はどんな人でしたか?
B――皆にはとても親切でしたが、誰にも全く関心のない人でした。
L――モランテ[*2]は?
B――彼女とは非常に緊密な交友関係がありました。モラーヴィアとモランテのカップルと一緒にペンナ[*3]やパゾリーニ達もいつもやって来て、クワルテットのようなもので……

L―　ペンナやパゾリーニは、男の子たちを連れて来ましたか？

B―　いいえ、独りで来ていました。いつもモラーヴィアが夕食代を支払うので、ペンナは、時には少し恥しく感じたようで、我々のように食べる代りに、母親（かの有名な）が朝に買って、彼に与えたクロワッサンをポケットから取り出して食べていました。クロワッサンの形はぺっちゃんこになっていましたが……。私がパルマに未だいた頃に、ペンナから手紙が届き、私のローマ行きを賛成していませんでした……。

L―　ジェラシーからですか？

B―　そうですねぇ……。

L―　でも、その後ローマで、しょっちゅう貴方に電話をしませんでしたか？

B―　私のこの「避けがたい病」の期間には、夜中の三時に電話をかけて来て、ニネッタが返事しており、彼は彼女にとても厭味のあることを言ったりして、とにかく非常に意地の悪い男でした……。いつも睡眠薬を服用しており、感情が病的に高揚するとか、その他の症状があったのは事実ですが、またとぼけるのも上手く、『ああ、夜中の三時？　午後の三時かと思ったもんだから……』と平気で云えた人でした。ところが、これだけではありません。後になり、大変不愉快なことを言うので。

L―　たとえば、どんなことを？

B―　ニネッタは私に絶対に言いたがらず。とにかく、手に負えない奴でね、偏執狂でした。世の中には彼しか存在しない、という人でした。

L―　いつもこういう人だったのですか、それともこんな人になったのですか？

B―　人はこうかであるか、ないかのどちらかです。

L――現在、彼の詩に対する評論家の評価の非常に高いことを、どう思いますか？

B――彼の作品の幾つかは今世紀（二十世紀）の他のどんなイタリア詩の例とは異なり、恐らく長続きする、と私はいつも言ってきました。

L――時には、――余りにも言われているように――ギリシャ詩ばかりではなく、日本の俳句としても考えられますが。

B――ビゴンジャーリ[*4]は、「茎」がない、と云っていました。他の詩には茎があっても、花のない危険性がある……と。

一九七一年刊行《冬の旅》から

ローマの小頌歌

―ピエル・パオロ・パゾリーニへ―

十一月のある朝　ローマの街の夜明けを見た
また他の一日を生きようとして準備する街
一輪の花のような優しい光に　とつぜん照らされた
東の物憂げな地平の果てに　蒸気がさんぜんと輝き
青空の彼方では　銀色に光る雲がどんどん増え
ほんの一瞬間でも　大空を翳りにおののかせ

それでも陽射しは　こうこうと長く照り輝き
影のうすれに無関心な町並みを微笑む丘々の
とおくに望む　あの紫色が雪であっても
陽光が凌いだのか　凌ぎゆくだろうから
戻ってきた晴天がさらに長くつづくだろう

朝九時のローマの街　おまえは活気があった
出勤のため　夜ふかしをしない男や女
少年らが生気ある眼差しで　与えられた
仕事を注意深くおこなう者のように溌剌として
濡れた材木　焼けた葉っぱの臭いをかぎながら
あるいは　街の斜面に生え　高台から眺められる
常盤木のほろにがい臭いにうっとりとして
黄色い水面に浮かぶ鳥の翼のように清らかで
静かな場所から　人々がたえまなく
往来する橋まで　ぼくは降りてゆく

この南部の地域で暮らした人々　寒さにかじかんでも快活な
街の創設期には　酷寒で硬直した身体の骨をいつまでも

温めたローマの冬を　すでに温和な文化的風土を育てても
その一族よりも治めがたい　この民族を教育したため
苦心惨憺のすえ　早死にしたカトゥルスへ
またウエルギリウスへと思いを馳せると　もはやぼくにも
時は素早く過ぎゆき　ニセアカシヤの花が新たな年に
ふたたび開花するため　少しずつ散って行った時のように
今では後悔しないぼくだ、ここでの一年は　他の一年と
変わりなく　季節も人もいっこうに変わらない
毀損する芸術資産への愛は　防御できない特典だ

二、「避けがたい病」の原因

L― 五〇年代半ば頃に《インディアンの小屋》の第二版がでて、そこに《天候不順な頃》のタイトルの詩集が挿入されてあり、これについてパゾリーニは、非常に素晴らしいことを書きましたね?

B― モンターレも、《コッリエーラ・デッラ・セーラ》新聞のコラム欄で、誉めそやしてくれました。『詩人であるばかりか、芸術家の詩集がこれだ、現在、詩人たちは芸術家ではなくなっている……』のようなことを書いてくれました。

L― モンターレと全く同感です。貴方の作品の中でも、豊かな想像力、新しい人物像、表現形式に満ちています。この《天候不順な頃》は、キリスト信者的母体とか、アッペンニーノ地帯、また被造物の強い痕跡により特徴づけられた最初の詩集であり、「ノイローゼ」の言葉が現われる作品の初めの一節でもあります。貴方のお母さんに捧げた詩の中で、『僕を苦しめる　あらゆる神経症と不安の原因』を、母親のせいにしておられますが、お母さんは三七年に亡くなっています。ところが、お父さんは、五四年に死亡されているので、詩集《天候不順な頃》刊行の前年にあたります。父親の死と「ノイローゼ」の間に、言われない繋がりがあるかもしれませんね?

B― 母の死は、何らかの方法で受け入れましたが、父の死は、本当に最大の打撃でした。五七年に「避けがたい病」に私をもたらしたのがそれでした。「避けがたい」と言っても実際は、恐ろしいものでした。ニネッタに話さなければならないけれど、私には、それが出来ず……。それでも治療しました。向精神薬ではなく、激烈な治療……。その時、最初の電気ショックをした、と言えます。
L― どうでした?
B― 当時は、未だ良く改善されておらず、一種の痛みというか、筋肉のしびれが残り……。それでもこの治療が根本的なものでした。
L― それは危険なことだったのですか?
B― いいえ、全然危険ではありません。その後、無駄のように思われても、もっとこの治療を望んだのです。医者が「いったい、どういう訳で? やる必要はありませんよ」と云ってくれました。当時云われていた一つは、記憶喪失が起こり得る、ということでした。「ええっ、何ですって?」と言い、「記憶はありますよ」と答えました。
L― おそらく、記憶を少し失いたい、と望んでいたのではありませんか? 余り記憶のあり過ぎるのも良くない、と主張する人がいますから……。
B― 解りません……。でも、電気ショックに反対することを書く作家は嫌いですね。それはファシズム的治療だ、と云っていましたから。ところが今では向精神薬の方が良くない、と新しい精神医学では云っています。
L― では貴方にとり、お父さんは非常に大切な方だったのですね?
B― それはとても気持ちの優しい、寛大な父親でした。大学の法学部に入学して、試験を受けなくとも、私にその理由を尋ねずに、四年間も籍を置かせてくれたのです。もちろん、その間に肋膜炎を患っていましたが、他の学生もこの病に罹っただろうし……でも、いつもこういう人だったのです。ちょっと「気難し屋で思い遣りの深い」人でした。私の好きなようにさせてくれましたが、そのくせに、例えば、食事の時にスープ用のスプーンの使い方がマナーに沿わない、と私を叱ったり……。多分私をいつまでも子供、と見做していたからです。ところが、リットリアーリ賞やヴィアレッジョ賞の受賞は、彼を大変に喜ばせて、幸せそうでした。私には一言も云わず、詩人になるのを受け入れてくれたのです、恐らく、そんな事ってあまりないですからね。

ローマ行きを決心した時、カリーニ通りの素晴らしいマンションを、ローンなしの一回払いで購入してくれたのです。後で問題が生じないよう、多分、私にその支払いができないかも、と案じてくれたのでしょう……。父を亡くしてからは、もう誰も保護者がいなくて、経済的にもやって行けるかどうか自信がありませんでした……。

L― この深い絆に照らして考えると、《寝室》の前に刊行された貴方の作品に、お父さんのことを書いた詩が見当たらないのは、どうしてですか?

B― さあ、どのように話せますか? 母のマリアは美人で、やや熱狂的な性格で、当時、ピストイア車に乗っており、今ならばスポーツ・カーを運転するようなものです……。ところが、父親にはどうして詩を捧げられますか? 父親に詩を捧げた詩人は沢山いるのは事実です。とは云え、《寝室》の中に、彼は居りますよ。

L― いずれにせよ、お父さんの感受性や優しさは一つの弱みかも……。

B― いいえ、とんでもない、父は旧制中学五年生終了後、学業を継続できない状況に、自分で追い込んだ人でした。馬を購入するために、ハンガリーまで行ったのですが、その取引が上手く行かず……。ところが年数が経ち、パルマ貯蓄銀行の副総裁になり、その後、エミーリア銀行の総裁に就任したのでした。経済的な事柄にも異常な才能がありました……。

L― 貴方のお母さんは、かなり違ったタイプでしたね……。
B― 変わり者でした……それよりも、酒を飲むのが好きでした。
L― でも、お二人は仲が良かったのでしょう？
B― 彼らの恋は一種の略奪結婚で始まったのです。母が十五の時でした。母の父親は豪農で、ピアチェンツァの寄宿学校に彼女を入れたのです。この学校では、生徒に刺繍をさせたりして、彼女には全然不向きで、指を刺したり……。ある時点で、彼と一緒に逃走したのです。初めの頃は、司祭のアッティーリョ師が仲を取り持ち、その出来事を少し緩和させてはいましたが……

一九五五年刊行《天候不順な頃》から

マリアの名前の母によせ

毎晩祈りの時に呼ぶ名はあなた　僕らの平野を赤く
染める雲に描かれたあなたの姿　だが平野へゆくのは
若葉のように溌剌とした子供たち　そして降りやんだ
驟雨の後の光に照らされた街へ　と急ぐぬれた女たち
あなたを不意に襲った死のため　永遠に若い母のまま
まさに萎れる寸前の　甘美なバラの花のようなあなた
僕を苦しめる　あらゆる神経症と不安の原因は　あなた
過去　現在　未来を通し　このことをあなたに感謝する

再度　マリア・Rへ

やさしい　やさしいあなた
そして寛大で　理不尽なあなた
どこであなたは命をすりへらし
だれのため　秋に落葉が堆積して
霧があたりに　立ちわたり
駆け落ちした世帯だったのか？

隣の部屋から聴こえるように
戸外から　ひそひそとささやく
声が聴こえてくる静かな
十一月の灰色におおわれた朝に
だれが　一日の悦びと苦しみで
雀たちを目覚めさせるのだろうか？

ローマ　一九五三年

三、天国の護送車

L―　それでは、前節でお話のあった「避けがたい病」は、どのように顕われのですか？

B―　兆候が顕われ、次第に強くなってくるものです……。初め精神的不安、本当におかしなことが動機となりました。例えば、子供たちが転んで膝の皮を擦りむいた、というだけで、直ぐに破傷風の心配をしたり……。その後に破傷風にならなかったことで、全てが無事に過ぎてしまいます。ところが、ある時点で「理由のない」不安状態に陥るのです。そうすると、全てが急に悪化して……。この状態から再起（回復、と言えるでしょうか？）する時期、つまり五十年代の終わりの頃から、《冬の旅》と《寝室》が創られたのでした。この《冬の旅》は、友人の心臓病専門医の診断を受けた後、ガルツァンティ出版社に突然、原稿を渡すことを決心したのです。―この病人は絶えず仮病を使うとか病人ぶる要素があるので―

L―　いずれにせよ、五七年に体験した病気は、貴方の経歴上、根本的な核心になるのではありませんか？　その病の特性を明確にするのが、絶対に不可能なときには、典型的な宗教性に秘められた苦悶、ある種の問いを質す必要性などを考えませんでしたか？

B―　《冬の旅》に収載される詩、〈時の消耗〉を思い出し、貴方に答えられるか解りませんが……。この詩は、――貴方がたが、およそ想像もできないほど――とても容態の悪い時、全く話しもしなかった期間に書いた唯一の作品で、私の人生で重要なエピソードに繋がっています。その頃、病気を意識しない唯一の瞬間（と言えましょうか）、恐らく、宗教的な気持ちを抱いた時です。子供のジュゼッペを探しに、教会に行ったことは全て事実です。そして、やっと彼を見つけました。我が子を見るや、まるで一瞬、光を見たようでした……。自覚した意味での、典型的な宗教性についての質問ですが、それはなかったですね。とは言え、不意に訳の分からない恐怖感の様相を伴う、この不安に陥った時に、宗教的特徴のある質問に及ぶことは　到底無理でしたよ。

一九七一年刊行《冬の旅》から

時の消耗

ミサの初めから出席していたお前をさがし
正午のミサ聖祭に参与する多くの男女が
寄り集まる人ごみの中に入っていった
純粋な心の　熱心な子供は
神に飢えていた、僕は不安げな
目つきで　腰掛の方をむなしく
注意深く見わたした
ところが　粗末な布の服を着た大工の
徒弟で　お前くらいの年頃のイエスが
僕の方へやって来て　僕を慰めてくれる

その間　僕の周囲では　日曜日の快い
日光から離れてすわっている少年　少女らの
現世の不安が　遠くでミサを挙げる
司祭のかすれ声とまじり合っていた
それから　扉の近くの片隅で
物静かに独りで佇んでいるお前を
とつぜん　見つけたのだ　僕を見ると
はずかしそうに近づいてきたお前
僕ら皆にとって　心配しながら消耗する
苦しい時に　見いだした息子
その髪の毛に僕はキッスした

L—　その頃、つまり五七年に医者の処方箋の紙の上にまで書かれた、貴方の未刊の日記を拝読しましたが、ある時点で、貴方は『だが僕は、よいクリスチャンだろうか?』と自問されていますが。
B—　ところが、その紙切れに書き留めたことすら自覚がなかったので……。その問いは、皆ができるように自分にも問い質せたのでしたが、私の詩の中に、それが反映するとか反響のあるのが見いだせますか?　解りませんね。〈孤独〉の詩の中に?　そうは思いませんが。

《冬の旅》から

孤独

九月のここは　太陽はまだ火照っていて
その大きな蝋燭の　まさに燃えつきるころ
平地に入ってゆく草原は祭壇
祭壇のかけ布は　繁った草だ

リラの淡い紅色に似たサフランの花の刺繍
この周辺に生える刺のある花でふち取られた
かけ布　ゆっくり崩壊してゆく農業で
零落した　あの呪われた地主の刺なのだ

秋の季節の訪れる　ずっと前に液果[*1]が
それを血で真っ赤に染めて　野バラの
植物性サンゴやハシバミの実を抱きしめる
かたい総苞《そうほう》が　傷の痛みをやわらげている

急に僕は司祭に扮せるだろうか――遅まきの召命――

神に不敬な正午の時間　儀式を執りおこなうために
——広大なアッペンニン山脈のこの自然の
祭壇で私的な肉と血を奉献しながら

だれもいない空虚なマトロネオ[*2]で
僕の信仰と僕の不安な至福を証言する唯一の
生き物のロバやトカゲ　一対の蝶々に対して——
郵便用飛行機が遠ざかり　彼方からとどく

陽射しに照らされ　羊毛の糸を紡ぐ間に？

＊1　トマト、ぶどうなどの液汁の多い果実。
＊2　ビザンチン様式教会に設けられてある婦人用の歩廊。

L——　現実には、典型的に宗教性を帯びる問いは、《冬の旅》同様、《寝室》でも、深いレベルに於いて、おそらく変装しているように思われます。宗教を、我々の恐怖、弱さ、エゴイズムを通してとか、それを越えての生命の神秘さと比較し合う必要性、と解釈するならば。エゴイズムの「罪」への自覚を生じさせる罪悪感と、他の人へ心を開く必要性が、宗教なのではありませんか？
B——　私の書いたものを深く読み、把握した上で貴方がこの見解を云うならば、是認します。

L——《冬の旅》には、前述の〈時の消耗〉や〈孤独〉のほかに、キリスト教信仰に結ばれたイメージがあります。例えば、〈ヴァカンスの日記の紙切れ〉では、詩人はやや距離を置いて観客のように参加する晩祷がありますね？

B——これはとても自覚していたことでした。カザローラでは、教会に通い続けました。ただし、ここだけですよ。八月五日の聖母マリアに敬意を表する行列にも、必ず行列に付いてゆきました。家族の伝統にきちんと従って……伝統ですよ、でも決して信心家ぶらないでやっていました。

L——貴方は信者だ、と思っておられますか？

B——私はこの問いを課さないのですよ。もしも問うとすれば、——もっと伝統的感覚で、恐らくもっと正しい意味で貴方がそれを私に質問するならば——そうだ、と答えるでしょうが。一度だけでしたが、私に来世を信じるか、どうかと質問してきた人に対し、『私の空想力は、ダンテの煉獄に及びます』と答えました。そこでは、住み易いでしょうが、天国では、ちょっと余りにも堅苦しくて……。それから、私の祈り方があります。口の中で祈りの言葉を不明瞭にもぐもぐ発音しながら……。

L——これは私の意見になりますが、貴方の宗教との複雑な繋がりは、貴方の他の詩の中にも観察できます。その中で、とりわけ〈マエスタBの許で〉は、非常に神秘的ですね？

B——そうです。ここでも、繋がりはありますが、非常に私的なものです。逃げ出す必要に駆られるほど、余りにも個人的なものです。とは言っても、どうして「完全に信徒である」家族が想像されますか？　何かが欠けているように思われます。私には、絶対に考えられないことです……。宗教はイデオロギーの代わりになり得る、と考えたことは決してありません。（私の反ファシズムは、イデオロギーではありませんでした）また、他の詩もありますよ、つまり私が洗礼を受けた時のことを述べる……。

L――そうですね。《天候不順な頃》に収載される〈家具への礼状〉ですね。

B――不思議な詩ですよ。

一九五五年刊行《天候不順な頃》から

家具への礼状

山間に住む　けちで貧乏な
司祭でなかったならば
ぼくが洗礼や堅信　初の聖体拝領をうけ
結婚式を挙げた教区の司祭たちよ

あなたがたが　真夏の熱風や隠遁生活の
苦しみを緩和できないならば
フランスの土地からモンキョの館[*1]へ
森林におおわれた十八世紀のカザローラへ

芸術的様式から　ではなくコレラ疾病の
流行からすくわれ　ようやく運ばれてきて

田舎の辛抱強い職人が　規格にあわせ
作成した軟い材木に　おそらく山々や
聖ドンニーノ[*2]は反対しなかった……
夏の陽が死者や麦の刈り株を焼きつくす
場所にいないよう　僕をいやすため
淀んだ水に　輝く草木の若葉に
まもなく宵の爽やかな風がそよぐのだ

＊1　パルマ司教の所有物の古い領地で、十三の館を所有しており、その内の一つがカザローラにあり、モンキョ市が主要な館になる。

＊2　カザローラの守護聖人。

L——　まるで、甘味のあるタバコや、田舎の司祭館の香りが漂ってくるように仄めかしている時代感覚は、特殊です……ともあれ、〈マエスタBの許〉もまた、もっと不思議で、私の考えですが、深さの意味では、とても表情に富む詩ですね。そこでは、宗教的感情（自己の起源を償うために）を言い表わしても、同時に神聖な神秘さについて、あまり問い質す方へ向けない必要さがあり、不安の巻き添えに苦しむわけです。

B― おそらく、これらの悲劇的感覚はないかも知れませんが。
L― 〈パルマのサン・ヴィターレ教会で〉の詩も、何か同じような事象が浮かび上がるように思われます。つまり、死がさし迫っている時、それを「解る」ことは不可能で、人生のさまざまな状況の中で、対処して行くのは不可能だ、ということです。「天国の護送車の出発合図が近くで／鳴っているのか　僕には……」。
B― この「天国の護送車」は、ずい分不思議ではありませんか？　この詩は好きでね。従姉妹たち、アッティーリョ師が司祭として仕えたサン・ヴィターレ教会などが書かれてあって……。

パルマのサン・ヴィターレ教会でローマを偲びつつ

《冬の旅》から

蜂蜜の湿っぽい甘さの　恒例の追悼記念に
あてられた大きな広間　九月初旬の
夏時間の午後六時は　熱いさかりの五時であり
この上もなく快活で親しい煉獄の有様を僕らに
あたえており　街の本来の中心街をとおり
広間のわずか二個の腰かけを移動するだけで
長いあいだ　会わなかった従姉妹たちに

出会える街　色づいた不毛のぶどうの木
はるかな麗しい人生の春が形作った葉先
その鋭形に刻まれた様相に　望みを失い
葉脈に果汁をためるぶどうの木ではないが
純潔を維持しつづけた彼女たち

不自然に　空しく成熟した彼女らの
魅力的な朝は　東向きのフランス窓が
開かれた時だった　いっぽう僕は招かれ
しつこくまといつかれ　僕は行かねば

と彼女らに別れを告げ　再会を約束し
僕のような他の仲間を探して　広間を
うろつくが　僕が話している間に　夕食前の
ことでもあり　日没後の眠りや月光の冷たく
瞬くとき　天国の護送車の出発合図が近くで
鳴っているのか　僕には解明できないが

人気のない　ゆったりとした大通りに
夜気が立ちこめるのを考慮してか

他の人たちは皆　すでに姿を消していた

四、詩集《冬の旅》を読みながら

一九七〇年の夏、ベルトルッチ家の先祖に縁の深いパルマ郊外のカザローラの家屋の一部が崩壊する、と云う被害を蒙ったため、その修復を行う。この年も、引続き《寝室》の創作に専念する。

その年の暮れになり、ガルツァンティ社に、詩集《冬の旅》のタイプ原稿を手渡す。そして、親友のセレーニ宛てに送った書簡や、セレーニがベルトルッチに返信した手紙を通して、その時の様子が更に鮮明になるだろう。

『……とても異様に色褪せた、と云うか、いや、余りにも僕流儀の本であることが判るだろうよ。君に気に入って貰えれば嬉しいし、連続的に上下の繋がりのない階段に、どうしても足を踏み入れようとする、いわゆる「その場で地団駄を踏む」[*6]、気はないし……（中略）。君やルーツィ、カプローニ[*5]、ザンゾットなど（行き当たりばったりに、この名前をだしたのではない）が読んでくれる、と思うだけでも、僕は勇気づけられる。君たちは、僕を分かってくれるだろうことを、確信しているから。』（一九七一年四月末、セレーニ宛てのベルトルッチの書簡から）

一方、次の手紙はセレーニがベルトルッチに宛てた手紙である。

『昨夜二時まで、君の新詩集を読んだのを知っているかい？　君の昔のイメージを思い起こす時、確かに君はしっかりと道を踏んで来たものだ。

とりわけ、一つの景色の中にしっかりと、絶えず設置しながら、前の景色よりもさらに巨大な、他の景色を重ね合わせるのに成功していることである。

詩人の祖国を持つこと、その国王であること――僕の云うことを聴いてくれ。地理的意味を含むためではない、このために僕は、「ロンバルディア・ライン」[*7]を拒否したのだ。他の人たちが僕に押し付けてくるあれだ。苦しい年期をかけた仕事、とは云え、最大の成果となっている。

ご免ね、話が少し混乱していて。いつか、できれば僕のやり方で、《冬の旅》を話したい、と思う。詩集は夢のように素晴らしいもので、「同僚たち」にやる気を失わせるような効力があり、それと同時に――と云うか、直ぐ後に――彼らを刺激して、新しい活力を燃え上がらせるものだ。』(一九七一年九月十七日付、ベルトルッチ宛のセレーニの書簡)

L― こうして私たちは、ほとんど気付かない内に、詩集《冬の旅》にまで達しました。《インディアンの小屋》と比べ、その構造に於いてこの詩集では、被写体の新しい深さが、とりわけ、私には明白に思われます。ここでは、今まで見てきた宗教的な波及効果がありません。また、例え簡単に述べられても、伝説的人物との繋がりもあり、審美的タイプの合図としてだけ解釈するように思われますが、それにも拘わらず、可視的なものが明確なことで、イメージを剥がさず、象徴的に共振してゆくテキストが、絶え間なく広がってゆくことです……。

B― これは、全く事実です。〈マエスタBの許で〉に出てくる、「黄金色―堆肥場」を結合した描出は、フロイドからマルクスまでの一連の考え方の全てを挑発することになり得る、と以前、指摘しました。(フロイドに依れば、子供は母親に、糞便の贈り物をすることに確信を持っていたのです。)さらに、「糞便」の言葉は、ラテン語の「繁茂、豊饒、生気に満ちた……」などの言葉から由来しており、それは、非常に生産的、つまり土地に収益を与え、さらに農奴や地主を喜ばすことになるのだ、と私に思い出させてくれたのは、或るマルクス主義の評論家でした。ところが、黄金色と堆肥場で結合した表現には、とても自然に達したのでした。充分に目を開いたまま、その景色を観察して、周囲を単に眺めたのでした。

《冬の旅》から

八月某日　マエスタ*Bの許で

今日は　リアーナへ通じる道をさけてゆこう
やわらかな山肌には最近　切り倒されたブナの木の
樹液がしたたれて　血みどろになったような赤茶色
幼児の涙にも似た清水《せいすい》のわきでる山開き
今日は　未完成の新道路をさけてゆこう
公益をうたうあさましい地主　山主たちの
強引な利害をからませ　未来へ伸びる道
その水溜りに空の青さを映してはいるが
今日は日曜日　呼ばれる声にしたがい
モンテベッロ村へと流れるブラティカ渓流に
ひそかに護られ　おぼつかなく出来た

荒れ放題の　けもの道を通ってみよう
今では　役にも立たぬ親類　聖職者たちを輩出した山里
昔　この土地の人々の大切な主食だった栗の木が
ここ一帯の山奥に　こんもりと繁っている
今日は八月最後の日曜日　枝もたわわに熟した栗の実を
気づかい　見上げるものなど誰もいないのが　今の時世
炎暑の日中《ひなか》でも　初秋を告げる綿状の雲行きから
大空が　そこここに傷つけられており
厳しい季節の訪れを語りかけているとは云え

見捨てられたこの道で　誰にも出会うまい
と思いながら歩いてゆくと　くすんだ黄金色の堆肥場
そこに群がる白黒二色の羽毛におおわれたカササギ
長い日照りに苦しみ　ここへ追いこまれて来たのか青大将
罪に苦しむ心からではなくても　やがて視線から消え去る
その光景にまじり　ミサを告げる鐘の音が聴こえてくる
ミサをさぼった僕の背後に　鐘の音がまといつき
狭い坂道のあたりで　僕の歩みを引きとめはしまいか
と怖れ急いで登ると　くねくねした山路を邪魔するように

沢山の石ころが緑蕪《りょくぶ》の陰に転がり　小径がやっと見えるていど
マエスタへ導く聖なる路だったのに
神聖さを失い見捨てられてから　非常に長い歳月が経つ

山の中腹まで登り切ると　足許と心が
まるで宙に浮いたように頼りない感じがする
とつぜん　正午を告げる時鐘が鳴り
秋を思わせた　先ほどの憂いを遠のけるように
空の青さがくずれ　天から滑りおちる時
左手の草木の陰から　枯れ木に棲みつく木食い虫の
かすかなうめき声が聴こえてくる

もう　ためらわない
僕の心を迷わせるその場所をぬけでると
たちまち僕の背後には
無慈悲に照りつける太陽
その濃い金褐色の光につつまれ
森の腐葉土の放つ息苦しいほどの甘い香りに
はげしく捕らえられ　罪悪感と後悔

ゆいいつの天の恵みの母なる少女が
僕を待つ森の中へ　と歩みを進める
はたして僕が探していたのは　あなただった
この道を行き交う多くの樵や旅人が疲れを癒やしたり
あるいは　木陰で陽射しをさけたくなるような道ばたで
こうしてあなたに出会えるとは思ってもいなかった
さんざん苦労して　やっとマエスタの前にたどり着くと
すぐ目に映るのは　まさしくその荒れはてた姿
——とは云え　崩れかけたあばら家とともに
　　突きでるマエスタだけが
　厳しい時の流れを鳥瞰できたように——
谷間から登ってくるものには
巨大な建物を無視して通り過ぎるわけにはゆかない
この山路を行くと　子供らのいたずら書きが
あちこち刻まれた多くの質素なニッチに出会うのだが
それらの中でも　これはかなり異例だから

だが　言いしれぬ悲しみに沈まないだけ
少し嬉しいこと　と思わねばなるまい

礼拝堂は閉ざされており　先人たちの踏んだ
道をへて　記憶をたどり登ってきた僕にとり
快楽にだけは消耗しまい　と配慮しつづけた彼らの
厳しい生き方の美徳には　ほとんど到達し得ないが
人の心身を保護する目的で建てられた礼拝堂は
優しさにみち　罪がこれほどたやすく許されるようで
み堂を探さなくとも　道すがら誰でもが自由に出会えれば
もはや呼び名など　なくても良いことに気づいたからだ

確かに　石やモルタルなどを
運んで来るものはいなかった
また　あの地面の深い傷跡に延々と流れる
ブラティカ川の透明な川岸から
誰も細かい砂を持ち運ばず　ましてわずかばかりの
資産に心をくばり　一日の仕事を棒にふってまで
辛抱強いロバの背に荷鞍をかけ　険しい山路を歩かせて
誰も　ここまで登っては来なかったし
カザローラに住む者　そこから同じ距離にある
モンテベッロに住む誰も　自発的に

あるいは教会の説教壇から　司祭に説得されても
このマエスタの修復には来なかった
僕らの自惚れかもしれないが　この山間では今なお
一番立派なマエスタだ　少なくとも昔はそうだった
ところが　通りすがりの人は
石垣の壁から崩れ落ちた石をきちんと積みかさね
直していったし　せめて雨もりを防ごう
と　屋根に数枚のスレートを並べた者もいた
その石板のつぎ合わせは決して完璧ではないものの
このひそやかな場所　安らぎのポーチ
静寂そのものの腕に抱かれると
僕は　なぜか自分のことも忘れるくらいだから
それが同じ人か他の人か　知るよしもないが
マエスタの前には　いつもわずかばかりの花や
果物が供えられてあり　粗末で貧しいものだが
幼児の指先の折れたところ
子を抱く母の瑞々しい胸もとに
そっと挟まれて置かれてある

その昔　僕らの家族が見捨てた山里に
今なお住む人たちの痛悔の祈りや憐れみの情が
長くつづくかぎり　森には多くの木々が
さらに植えられてゆくだろう
だから　僕の心が激しく悶え苦しむことはない
僕の悪い癖として　身勝手に
秘かな祈りをささげるためとは云え
こっそり　ここに来たかっただけなのに
ミサの時間を軽率に選び　聖なる時を犯したことは
僕のあやまりだった

切り株よ　石ころよ
僕の心をとき放つため
僕に道をあたえてくれ
広大な道幅と自由に行き通える道を
ふたたび見いだせるようにしてくれ
早朝の道辺に目覚めて咲きだすカーネーション
その香りがそこここに漂い　人々を陶酔させる道
やがて天高く昇り　花々を見捨てゆく午後の太陽で

思いでも希望もなく　すぐに萎れるとは云え
歓びにみち　咲き乱れる小さな花々
それでも陽射しはそれらを暖め
なおも生き生きと輝かせる
香り豊かな花々に飾られた道を

＊　玉座の聖母マリアとその御子イエスを中心に、天使や聖人を配した彫像のこと。

L—　貴方の現代的になった古典的息の長さのあることから、また多くの他のテーマからも、この本はまさに、貴方の最もエリオット的な詩集に思われますが。

B—　エリオットからは、とても自由に、叙情詩——象形的な要素を時々取り入れました……。とは言え、《荒地》や《四つの四重奏》などを重視した、私の世代の詩人たちに比べて、私にあって、恐らく他の人にないものは、アイロニーです……。

L—　《冬の旅》を統治する弦の響きは、最初に読んだ限りでは、アイロニーに思えませんが。

B—　でもありますよ、時々ね……

L—　時々、と云うよりむしろ、特に一つの劇作品の表現形式として、世界を示す傾向があるようです。

B—　そう、これは頻繁に、いや、非常に頻繁です。意欲と表出物としての世界……それから《冬の旅》は、非常に明確な分割でいくつかに区切られています。

L―　これもまた演劇形式、つまり舞台用スコアの形式ですか？

B―　そう言えますね。

L―　いずれにせよ、五部に分けられ、さらに付属の〈紛失詩〉からなる詩集の構成になっており、かなり神秘的なものが見られます。

B―　この詩集の組み立ては私が行ったもので、ほんの一部を除き、作品のできた年代順に構成されていません。私の好きなようにやってみたかったのです。これは〈時の消耗〉を唯一の作品として、まさに詩集の中央部に置いているので、何よりも明白なことです。

L―　とは云え、この構成では、個々の詩の自由、独自の人物像の多義性に対して、何ら拘束していません……

B―　この詩の多くは、既に五十年、六十年代、詩誌にそれぞれ、個々に公表されたことをわすれてはいけません。それぞれの詩にエピソードがあります。

L―　《冬の旅》は、自己の「監視人」としての演出家により、脅迫観念に捉われたように頑固一徹で庇護され、閉じられた一種の劇文学に思われます。ところが、風とか疑いの軋る音を通してとか、あるいは影から見舞われた彼を、他のもの（つまり彼に対し外部の）と絶え間なく接触してゆく……。このパラドックスは、オッシモロ[*8]の文体で見られます。例えば、〈蝶々〉では、「刑務所の壁にぶっつかるように翅をひらつかせ……」のように。

B―　蝶が一対になって飛ぶイメージは、パウンドの書簡形式の詩にもありますよ。一対の蝶の姿は、実際に見たのですよ。ところが不思議なことに、カザローラで良く見かけ、他の場所では一匹で飛んでおり、……。チターティ[*9]がとても好んでいる詩で、何かエロチックなものがとても強いと言っており……。
L──見かけは微々たる形の中に、一種の愛の神エロスと死神タナトスの踊りのように。
B──そう、ちょっと恐ろしい……

《冬の旅》から

蝶々

十月が近づくにしたがい　午後の五時ごろになると
この金色の陽がもうかげり始めるわけでもないのに
一匹の蝶が　九月咲きの菫の葉かげへ迷いこめば
他の一匹は　仲間を見はなさずその上空を旋回し
刑務所の壁にぶっつかるように翅をひらつかせ
見失うまいとうろたえて　くるおしく飛びまわる
なぜ蝶は　いつも二匹して飛ぶのだろうか？

──たぶん見失ったと思ったようだが　ほらまだそこにいる
日曜日にぶどうの刈り入れが終わり　畑はすでに耕され
その広大な空き畑に　夜の陰がしのび込むあたりへと
不条理な動きをし始めて　空中を舞いながら

秋の花々の汁を彼女が飽かずに吸いあげるまで
陽が不穏に輝く中で待ちに待ち　夜の帳が降りるまで
おまえ　彼女のあとを追ってゆくしかない蝶よ

L—　この蝶々の「踊り」は、演劇へと私たちを誘い出します。《冬の旅》の演劇的側面には、真理と自然に飢えているにも拘わらず、現代詩人にとり万物の素朴さ、物事の現実性を信じることの難しさを自覚することができないのかもしれませんね？

B—　全くその通りです。私の詩は写実主義とは逆で、いつも心象描出です。

L—　《冬の旅》には、都市の生活ばかりではなく、自然そのものがとても非現実なものに時折現われます。正真正銘の現代人であることは、ロマン主義の意識をますます共有しなくなることだ、とチャールズ・テーラーが書いています（このロマン主義とは、自然を「人間らしくする」傾向のあの意識のこと）。反対に、ショーペンハウエルのような見方に、宿命的にますます接近してゆくこと、そのため自然は、我々の善悪のカテゴリーには、なかなか譲らないわけです。

B—　まさにそうです。

L—　これに照明を当てて読んだ、貴方の風景はハーディに比べると、カムフラージュされていたり、漠然としているのにも拘わらず、ある時点で、残酷さのある演劇の効果とともに、トーマス・ハーディのそれに、近いように思われますが……

B—　たとえ、ハーディを小説家として、詩人としてもこよなく愛し、彼の詩を翻訳するほどになっても、その自覚を持ってこのやり方で書いた、とは言えません。

L―　《冬の旅》の主人公は、それでも現実の苛酷さや無関心を避けようとしているか、せめてそれを緩和しよう、と試みています。たとえば、愛情の共犯関係の蜘蛛の巣だらけを作り上げるため、手紙を書くとかして……

B―　我々の二十世紀に於ける、書簡体詩の斬新さを強調する最初の人はメンガルド、だと思います。

L―　本題とは、多分関係ありませんが、やはり貴方にお伺いしたい、と思います。貴方の人生で手紙を書くことは、どんな役割がありましたか?

B―　私たちのこの談話を開始した時に、三三年から三四年にかけて、ニネッタに手紙を書いたことを話しましたが、当時、三百六十五日間、毎日ラブレターを書いており……。

L―　《冬の旅》には、フランコ・ジョヴァネッリに献じた、非常に人間性豊かな手紙もありますが。

B―　大の親友でした……ボローニャ時代の私たち「小グループ」の一員でした。私は法学部に四年間、試験も受けすに籍を置いてから、ボローニャ大学の文学部に入学し、三年間で卒業したのですが、その頃、ロンギが教授に就任してきたばかりで、彼を取り巻き、かなり異常な学生グループが形成されました。ジョヴァネッリに宛てたこの手紙は、彼から貰った本当の手紙『エンツァのでかい鷲』への返信です……イデオロギーとまでは言えませんが、詩論的な詩です。私の詩の書き方、田舎に在るようなあの秩序の必要さ、けれども同時に、私の習慣である「利己的な編目でぴっしりと織られた緯《よこ》糸《いと》」が引き裂かれることを願う、詩に対する見解なのです。

《冬の旅》から

フランコ・ジョヴァネッリへの手紙

『エンツァ[*1]のでかい鶯から、さらば』と
数年前　僕がローマへ移住する少しまえ
僕に手紙をくれた。今　クリスマスから
主顕節までの数日間　ふたたび僕は
実家にもどっており　室内の（喜んで、と
つけくわえてくれ　多くの疑いをいだいて
属する田舎や家族階級の習慣のため
肝臓を悪くする）ぬくみで　すぐに
泡立つようなワインと食事で死者たちと
祭日を共有するために帰っている。
ところで　僕に云ってくれ
ニセアカシヤの枝葉が川沿いに
ふれ合い　口づけし合う木々の合間に
故郷を持つ僕にかくれて　そのまれな
一級品の資産を散乱する
バガンツァーレ[*2]の鶯よ　移住するのかい？
僕に訂正させてくれよ　もちろん燕は

歌わず　金切り声をあげず肥らない。
だから雀を選ばせてくれ　泥雪の上に
ぴょんぴょん跳び歩く姿がいま見える、
わずかな陽射しに雀は満足し　まもなく
この平野を明るく照らす季節の訪れを
心の中で確信している、秩序正しく
並ぶ冬木の黒い列――、秩序であり
監獄ではないが　生きるため
詩行のためのリズムなのだ、と
君は知っている――、その向こうに
青く　白く光る閃光や稲光のおかげで
今は　良く眺望されるあたりの山々の
彼方へと　雀はゆっくり昇ってゆく。
いつ　君に会えて　利己主義にみちる
プロットを中断するような　すべての
出来事を　孤独を楽しむ僕の田舎から
いつ　別れの挨拶ができるだろうか?

＊1　パルマ川の南東に平行して流れる谷川で、アッペンニン山脈に水源を持ち、ポー河に注がれる。

この谷川の上流にブラティカ渓流が流れ、その近くにベルトルッチの故郷がある。

＊2　パルマ川の北側に平行して流れるバガンツァ川はアッペンニン山脈に源を発し、パルマ市近郊で、パルマ川に注がれ、ポー河に注がれてゆく。バカンツァの谷川周辺の地帯を指す。

L―　それでは、今まで伺いませんでしたが、不可避な他の質問をさせて頂きます。貴方には西部映画は、どれほど大切でしたか？

B―　これは難しい質問ですね。私が映画に情熱を燃やした初めの頃は、絶対的な意味での芸術映画でした。《ジャンヌ・ダルク》とか《夜明け》など……。それでも同じ時代に娯楽用として、ジョン・フォードの最初の西部劇《アイアン・ホース》も観たのです。いつも大変気に入って観ていました。ところが、ピエル・パオロ（パゾリーニ）について言えば、非常に興味深いことを付け加えねばなりません。彼は西部映画をメロドラマのように、毛嫌いしていました。彼が物を書く時には、ひっきりなしに、いわゆるバロック音楽のレコードをかけており、この音楽は、ある時点になると、とてもうんざりしてくるのですが……。とにかくオペラが嫌いでした。彼の友人たちは、オペラ座（その頃は、良いオペラを公演しており）に通っていましたが、それでも彼は全然行きませんでした。何故だったのでしょうか？　彼には、耽美主義の要素があったので……。

L―　時には、西部映画に何かメロドラマ的なもの（リスクのない）がありますね？　とりわけ、ある種の西部劇には。

B―　セルジョ・レオーネの映画のように、彼は非常に優秀でした。今再び認められていますが……。真の西部劇はアメリカ的な叙事詩です。「真実に」なるに従いインディアンは罪人で、いつも勇敢で正しいのは白人……。アメリカ人にその特典を残しておくべきでしたね。

L― セルジョ・レオーネとベルナルド（ベルトルッチの長男）との繋がりはあったのですか？

B― レオーネはハリウッドに行き、多くのことを学びました。ある時点でベルナルドに、彼と一緒に西部劇を製作するのに「やりたいこと」を提供してきて、つまり、テーマと言い、シナリオ、製作実現などをですよ。ベルナルドは、《イル・コンフォルミスタ》（日本語タイトル《暗殺の森》）を撮影し終えたばかりでした。レオーネはとっても風変わりで、家にはテキサス独特の帽子で一杯だ、などのことを私に話していました。いずれにせよベルナルドは、やる気はないが、テーマだけはやっても良い、と答えたところ、レオーネはダーリオ・アルジェントも呼び、共同でやったようでした。

L― 《冬の旅》の多元的な描出について、何人かの読者はマニエリスム[10]を言及し、バロックに軽く触れているとさえ云いました……。このバロック的評価には、同意しません。とは言え二十世紀に、バロックを再発見する傾向は、世紀の歴史的方法論の基準線の一つですか？

B― 私がまさにバロックと関係するとは思いません。私が読んだ、ドールスの綱渡り的な本を、アンチェスキが信じたのは残念です。その本は、「前古典的バロック、バロック前衛」、全て〈前〉の基準で分類されており、自然にはバロック的なことがある、と発言しているのです……。この話題について私は歴史主義者ですよ、ロンギの弟子だったし。バロックは一つの時代であり、芸術史と様式の時期でしかありません。とは言え、その時期にも、皆がみんな同じ方法でやっていたわけではありません。今、美術史をちょっと致しますが、もしも、バロックをどうしてもベルニーニ[11]と見做すならば、ボッロミーニ[12]は何をしたのですか？ バロックと言えますか？ いいえ、まるでゴシックのことをやっていますよ。彼のは、同時代に於ける稀有な一種の現代的解釈です……。前衛的な要素のある時、それと違う何かは不可能だ、と云うのはいかに間違っているか、ということです……。それでは、文学に於けるバロックは誰ですか？　どういうものなのですか？　マリーノ[*13]の《アドニス》は？　そうかも知れません。それとも、マリーノ派文体を好んだ詩人たちですか？　しかし現代では誰がバロック的ですか？　バロックに対して是非とも否定的な、仰々しくて内容希薄なものの意味、と見做したいならば、私がバロック的だ、と誰が言えたのですか？

L―　マニエリスムについては、少し話しが違ってくるかも知れません。マニエリスムを文体論としてよりも、もっと心理的な（強迫観念に取り憑かれる意味で）タイプの素因として解釈してですが。たとえば、マニエリスムについて心理的分野で、ピンスヴァンゲルが話しています。

B―　ここでも、歴史的定義付けをしたいですね。「マニエラ」という言葉は、ヴァザーリ[*14]が用いた語彙です。ミケランジェロの伝え残したことに精神的渇きを癒やされた芸術家たちが、その後、それを他のものにして、変形して行った……様式。模範的なケースが、私たちのパルミジャニーノ[*15]で、その作品は優雅です。

L―　再び《冬の旅》に戻りますが、この詩集には、どちらかと云うと、風変わりな詩があります。〈鮮紅色の宵だった〉なのですが、無形へのシンタックスの濾過することを語っているのは正しい、と思いますが。この詩は何から芽生えたのですか？

B―　病気や不眠と眠りの間にある不安の瞬間を述べており、「昼の陽」にも「赤い夕日」にも、居られない私の瞬間についてです。私の家族の和やかさを求める温和なカモメのイメージで終わるのです。

《冬の旅》から

鮮紅色の宵だった

鮮紅色の宵だった　だが僕が眠り
つづけられるようにしてくれ　起伏した
家並みの密集する方へと歩いていた
風にひるがえるマフラー　おお僕を眠らせて

宵の装い　その鮮紅色に近づきながら
僕の肩に　昼の陽と赤い夕日が反影して
ほどんど　感じられないような柔らかな
登り坂を通りすぎ　歩いていた

死ぬほど苦しい眠りとの戦いに
一生懸命なっていた　でも無力な
僕は　慈悲深いカモメの群れに
憐れみと　ふたたび眠りを請いもとめて

宵のせまる方角へと歩みつづけていた

L― 《冬の旅》の詩の中で、和やかさと真実性の必要さをより以上に表現しているのは、塗装職人―画家に献じた詩です。この人は素人の画家で、私は直接に知り合ったことはありませんが、私の父（註・ラガッツィの父親は医者だった）の患者で、父にいろいろな絵をプレゼントしていました。単純な絵でしたが、もちろんナイーフではなかった、この画家をどう思われますか？

B― 誰も、彼のことを知らなかった、と思います。彼は絵の展覧会を一度もやらなかった、と思われます。彼は靴屋でした。カルロ・マッティオーリが、彼の作品を見て、とても感嘆していました。何故だか解らないけれど、非常にうまい絵を描いており、誰から学んだのか知りません。今では、誰が知る必要がありますか？　私の詩の中で述べている絵は、今も目の前に浮かびます……額縁に入れて絵を持ち運んでいた時、ローマでは名の通っている画廊経営の、或る友人の近くを通り過ぎたので、彼にそれを見せたところ、すっかり気に入ってしまいました。それで私に「十万リラ（当時はとても多額な金額で）をさし上げます……」と云ってくれました。

その絵を描くのに、我が家の農園の前に佇んで描いていました。最高の意味で述べれば、本当に写真機で写したようで……。テキスト中で何と言っていますか？　彼に従わなかったのを、後悔していませんか？

L― 「……謙虚に忍耐づよく／しっかり見ておくべきだった」

《冬の旅》から

一枚の絵に礼を述べ

僕の農園で《四四年度の収穫期》を描いた
素人画家のフィオレッロ・ポーリを
どのようにたとえて云えようか？
小作人の家に　疎開者のように住み
靴の修繕台とパレットを交互に使い
草木が緑　麦の穂が黄　遠くに望む
山々と大空が青色であれば
赤と紫の二人の女　一人は身をかがめ
刈り入れに精をだし　他は麦の穂の
小さな束を抱きしめて立ち　とつぜん
襲われた物思いに深く閉ざされており
彼女らはどんな人だったのか
もう二度と分からないのか？
あの日は快晴で　僕は彼のそばにいた
ゆっくりと薄れゆく真夏の光が
彼の情熱と真実を胸の中でつちかう
心臓の鼓動を聴くように
僕の不安な気持ちを
しずめてくれていた

あの時僕は　酷暑が少しやわらいで
空気が爽やかになりはじめる夕方に
時の経過が描写されてゆくとき
彼の仕事を　謙虚に忍耐づよく
しっかり見ておくべきだった
いつまでも陽光が輝く今このとき
農園の半分が未収穫のままの
穀物に　麦の刈り株に反照する
ニレの木々の影が　今日
僕に語りかけている

B―　絵を描いている内に、如何にある程度の成果に達し得るか、の二、三の例を私の家庭の中で経験しています……。ところで、ポーリをイタリア・ナイーフ派にではなく、ことによると、もと税関吏だったアンリ・ルソー[*16]に近づけるべきでしょう。彼はどのようにして、彼の作品を描くようになったのですか？

L―　彼らの無制限な優れた能力を超えて、この詩には重要な比喩的な価値があって、芸術とは、何よりもまず、職人でなければならぬことを、我々に思いだしてくれます。

B―　そうです。それが根本的な問題点です。若者たちの詩の中には、職人が本当に少なくなっているのを、多く見いだします。パゾリーニ没後、数年間、文学誌《新話題》の編集を担当していた時でした。若い人たちから、タイプ打ち原稿の多くの詩が私の許へ届きました。いい加減な仕事振りの原稿は稀ではなく、実際的な意味でも、作品を再読しないから、タイプの打ち方の間違いだらけ。時には、原稿のコピーで寄越したり、作者の名前が書いてなかったとか……で一杯でした。しかも私が返事を出さないことを抗議しに来る者もいて、そういう連中には、『ランボー[*17]は十一歳の時、ラテン語で立派に詩を書いていたのを、思い出しなさい』と言ったものでした。

L── この塗装職人──画家のポーリを描出した詩の中には、マンゾォーニ[*18]的なものがあります、つまり、身分の卑しい者ゆえに、そういう人に対して心を広げてゆく態度ですか?

B── 或る意味ではそうですね。ところが、他の詩〈モッリーの家から〉では、私は遠くから、仕事の休み時間に飲み食いする労働者の姿を垣間見るのです。この詩では、この労働者と彼の仕事道具、カピタラーとの愛情ある繋がりが語られており、私はあまり関係がなく、ただ眺めているだけです。

L── 「覗き屋」としての詩人ですか?

B── そうですね。

《冬の旅》から

モッリーの家から

灰色の朝　停車中のカタピラーを
見てごらん　金属とガラスで
できた高いアパートの窓から

新しい一日の始まる下の方を

見てごらん　地面がかんぽつして
雨のまた降りはじめる十一月の今
いつも湿気がちな茶色の土が
濡れるのを喜んでいる場所に

その男だけに属する愛人の機具
彼にだけ愛され　秋の日々を
ともにすごす男は　惣菜入りのパンと
独りで飲むため開けた彼のワインが

雨水で薄まらないよう注意する姿を

L――　ともあれ、この「のぞき趣味」は、ある罪の意識を招かないわけにはいかない、と思いますが。
《天候不順の頃》に収載される〈蟻〉の詩が、それを示しているように。

一九五五年刊《天候不順な頃》から

蟻

十月の日々をあたためる陽射しを利用して
蟻は　ニセアカシヤのざらざらした幹の
樹皮ぞいに　たえまなく往き来する

やがて訪れる冬にそなえ　蟻たちは忙しい
ふと　大通りに反影する陽光に視線を移すと
男女らの忙しそうに往き来する姿が見える

僕もふくめこの地上の生物に共有する生命力とは
雪の季節へ逞しくそなえることだ　さまざまな建て方の
僕らの家に陽射しがしだいに薄れゆき　冬の鼓動が
高まるのに敢然と直面するよう　おお僕を助けてくれ

B―　本当にそうですね。ここでは「さまざまな建て方の家に、冬の鼓動が高まる」ことを述べているわけです……。それでも、貴方の意見を受け入れます。罪の意識感としてでも刷新しよう、と言う気持ちには至りません。その意識は非常に良く分かる、これは確かです。

L―　一種の宿命として、それを受けいれられますか？

B―　いわゆる労働者とか農民社会が開放された時、彼らは、開放される前よりもっと束縛されたことを、歴史が明らかにしました。ウィリアム・フォークナーも、彼が農園を所有していた時、いつも多額な赤字でした。(その時、戦友のフォーワード・ホークスは、彼にシナリオを書かせて、それで赤字を埋めていました）フォークナーは、黒人は奴隷だった時には、それほど束縛されておらず、自由になった時、彼らは大スラム街の中に落ち込んでいった、といつも云っていました……。（とは言え、いったい何でこんな話と関わりがあるのか分かりませんが……。

L―　他の人との絆を語る詩節では、家族との絆を取り扱った詩は、《冬の旅》には一番多く見受けられます。とは云え、《冬の旅》では、最も大切に保護している愛情にも情け容赦なく、絶え間なく脅かす、時の作用を貴方が受け入れられないことを、特に強く際立たせています……。

B―　貴方のこの観察について、話を先に飛躍して、《寝室》の第十二詩章の〈寄宿学校にて〉からの詩節を見ましょう。若い両親が私を寄宿学校に連れて行った後、その足でレストランに行くのです。そのシーンは、「若い父と母は、早く忘れ去るのだ」のフレーズで終わっています。フロイドの本を多く読んだ私の友人の医者は、子供としては、とっても厳しい断定だ、と私に云いますが、そうですか？

L―　確かに。

B―　まさに私は、彼らを咎めています。僕はここにいるのに、彼らはあそこ……、彼らは早く忘れ去るのだ、僕を忘れてしまう、と云うのです。

L―　《寝室》で述べられた、両親が息子から離れるこの苦しみは、その逆の形、つまり息子らが離れて行く父親の苦しみとして、《冬の旅》に姿を現わしますね？

B—　もちろん、〈所有主と父親の僕〉にも、この「……僕たち行っちゃうよ」は、ずい分強いでしょう、そう思いませんか？

《冬の旅》から

所有主と父親の僕

あれかこれか　と問うのが僕は好きだ——
他人の土地を測量するあいだに白髪になり
小作人ほどではないが　日やけした
熟練の土地測量技師の専門家
他人の土地で働きながら　不均衡な
規模で金持ちになったり　貧乏になった
小作人　二人とも鋭い眼　うなじの
周囲はざらざらの土地のようだ——だが
僕の所有地を視察しよう　といくら僕を
まねいても　平日の昼間　霧におおわれた
太陽の下を歩く気のない僕に気づくのだ
日曜の午後四時頃の農園に　だれも

いないような時間にしてもらう……
すると　僕の背中のまがった影が
旱魃のつづいた一年間で　荒廃した白い
車道の上を　淋しくひとりで動いてゆく
だが影は長く　もっと長く伸びてゆき
救われない日が終わりに近づくころ
トウモロコシの深緑の畑に踏みこむと
「僕たち行っちゃうよ！」と耳をつんざく声
お前たちの声はもう遠くに聴こえて
泣きたいのか　泣きたくないのか
わからない目つきのような雲に閉じられた
大空は　もう雨模様の感じを見せている

《冬の旅》から

L――この放置された気持ちは、微妙にアイロニーと芝居がかったキーポイントとしても、《冬の旅》の〈好きなように〉にも現われており、ここでの放置感は、たとえ瞬間的であれ、連れあいからなので……

B――そうなんですよ、彼女は上機嫌で、僕は「惨めに」取り残されて……

好きなように

まげた腰のあたりに　ブナの木々の
悲しみのしたたり落ちるのを素直に喜び
大地に　自然に発生するうぶ毛に似た
色あせたキイチゴの実を　生まれて初めて

熱心にひろい集める僕　それでも長年
使いはたされ弱まった僕の視力でも　草木の
緑の茂みの陰に　よく見えるそれらの実
その赤色のおかげで　ここに生育する唯一の

華やかな色彩　ジャックやアミアンまた
恋人の公爵でもないが　秋の気配を一瞬
感じさせ　彼らの服装とは遥かに異なる
雰囲気をいろどって　さっと消えてゆく

岩だらけの山の斜面に咲く
青いリンドウの花にすっかり見惚れて

二人で行う仕事から　あなたがとつぜん
気を散らす時　下の方にいる惨めな
僕をひとり　取りのこしたまま

L―　絶え間ない忠節と相互に存在感のある深い絆の内部からだけ、このような詩が生まれることができるように思います。

B―　全くその通りです。今でもニネッタが美容院に行って、帰宅が十五分でも遅れただけで、どうしようもないほどの不安が募ってきて、玄関先からエレベータまで、行ったり来たりする私で……

L―　貴方の詩からは、たとえ、息子たちのことを書いた《冬の旅》収載第一のテキスト〈芥子の花〉には、「すべてが成熟していた」と述べていても、いわゆる、円熟期を喜んで受け入れた、とは思いませんが。

B―　全然、受け入れていません。私には、全ての終わりのように思われるからです。その一方では、ユング[*20]の学説から由来して、私の作品の鋭敏な読者の若い評論家が、各詩人の根本的役割とは、或る時点に於いて、老人の要素と、彼の内部に在る子供の要素との間の妥協点を見いだすことだ、と指摘しました……

L―　それとも、ユングの専門用語を使い「セネックスとプエル」（老化と幼児）との間。貴方の作品には、プエルの存在は根本的です。言い換えると（パスコリ[*21]と混同しないよう）思春期と言いましょうか。ところが作品は、痛ましいほどの忍耐心で、押し寄せてくるセネックスに席を譲る必要があるのを示しているように思われます。
B―　とは言え、今でも未だ絶対に円熟している、とは思いません。私の考えでは、成熟するとは、新しい芸術経験を得るのが、まさに不可能になっているとも言えましょうか。

《冬の旅》から

芥子の花

今年は芥子の花盛り　五、六月頃に帰郷した
時だったので　僕らの土地では芥子の花が
咲き乱れていたっけ　濁りのあるワインの
とても甘美な味わいに陶酔したものだった

こんもりと繁る桑の葉から　麦畑　草原に
いたるまで　この地上にあまねく与えられる
ほどよい熱に恵まれて　長閑にまどろみながら
すべてが成熟していたことを思いだす

我が人生の半ばに達した今　すでに成長した
子供らが独立し　親元を離れゆく姿を

嵐の夜にきらめく閃光が消えうせようとする時
飛びたつ燕の姿に重ね　やがて刑務所の

彼方に消えゆくのを感深くながめていた
ふたたび夕食の明かりが家にともされると
その光に憂苦の思いが和らぐのも人の心
あたりは大分涼しくなってきた

遠くで雹《ひょう》が激しく降ったためであろう

L― 〈病人の肖像画〉の詩は、どのように生まれたのですか?

B― それは、一冊の詩集とジュゼッペの描いた絵からです。実はね、ジュゼッペに、モンターレの序文付きの素晴らしい中国詩のイタリア訳詩を読んでみなさい、と言って与えたのです。この詩からインスピレーションを得た彼は、この部屋に飾ってあるように、一種の肖像画を描きました。絵の中の人物は、中国の詩人ですが、同時に私でもあります。もちろん実際には、全然私に似ていませんが、私の考え方をそこに仄めかしているのです……。私の詩の中には、この曖昧さの効果がいっぱいありますからね。

L― この詩は素晴らしいですし、ジュゼッペの絵もなかなか良いですね。黒いラインが、いかにも思わせ振りな態度を良く表現しており、中国や日本の漢字を構成する字画のようなものを思いださせて……。

B―　それどころか、黄土色もあり……多くの重なりのある、多くの意味の含むことがらで、かなりの効果を与えています……。

L―　そうですね、多くの重なりのある、……。ところで貴方の詩に話を戻して見ますと、中国の叙情詩の何かが貴方の心を打ったのは、その姿から観て、明らかに判ります。貴方の作品中に何回も独りで祝杯を揚げるイメージがでてきますから。

B―　確かにそうです。モンターレの序文付きの例の中国訳詩集に先立ち、中国詩や日本詩は、パウンドを通して私の許に届いていました。それで、写象主義者（イマジスタ）パウンドの二、三の詩（その内の一つは、ちょっと日本の俳句の真似をした詩でした）を見付けたので、ニネッタ宛の手紙の中に書き写して、翻訳してほしい、と彼女に要請したものでした。ニネッタは英語を選考していたので。私はそれらの詩に本当に魅了しましたよ。

《冬の旅》から

病人の肖像画

赤褐色と黒で描かれた　ここにある幅ひろい
額ぶちの全体を占めるこの絵は　まるで
両手が半開きの花のような形となり
部屋着の中に隠され　身がすっぽりつつまれた

四十九歳の僕の姿　その身体は寝ているのか
すわっているのか分からなく　陽射しを額縁に
収めているような窓の前につるされた病人の絵
疲れやすい眼にあたえられた他の一日の光なのだ

とは言え　十四歳の僕の息子の画家に一体だれを
描こうとしたの　とたずねると　ただちに彼は
「僕に読めよ　とすすめてくれた中国の詩人が
今際《いまわ》に　外に咲く花をながめている姿」と云う

正直だ　そう言えば　その本を上げたのを思いだす
青い海岸に褐色の秋の葉でできたハート形が陽気な
感じをさそう本の表紙には　賢人や偽賢人　詩人らが
盃を交わしながら　優美に浮世をすてる姿がある

僕自身をいつわりながら　あの病気の男に僕を
みとめるような　嘘をつかないと思う世紀に
見せかけて生きている僕　だから信じていて

信じない病を祓い清めるために　これを書く

L―　その頃、貴方の詩の一つ〈白バラ〉が、まさに中国語に翻訳されるとは、恐らく思われなかったでしょう?

B―　〈白バラ〉だけではなく、中国に長く滞在したパルマ出身の人が、私の詩を翻訳して、周恩来首相に読んで聴かせた、とか私に云っていた……。とは言え、これは本当かどうか、確証するものは何も私にはありませんが。

《十一月の火》から

白バラ

あなたに捧げるため摘んでこよう
庭にのこった最後のバラの花を
初霜の降りた中でひそやかに
咲いている白いバラの花
昨日まで　蜂たちが熱い思いで
その上を　飛び交っていた
それでもまだ心が震えるほど
こんなに甘美に咲くバラの花

これが三十歳のあなたの肖像画
少し忘れっぽくなって
あの時のあなたのように

L― 先ほどの〈病人の肖像画〉の詩ですが、チャールズ・トムリンソンの英訳がありますが、これらの訳詩から見て、貴方の詩風は、ある意味において英国詩の影響が目立って見えますが。

B― 私の詩に英国的な何かがあるのは事実です。たとえば、「させてくれ」……と言う表現などが。私の詩的形成の歩みを見ると、初め、フランス詩人のものを非常に多く読みましたが、その後、英国詩をさらに愛しました。いま、ちょっと派閥的な一般論になりますが……、英国文学では、ムーブマンと群像のない、つまり自由なところが好きでした。ところがフランス詩は観念的な基準で支えられたものが非常に多くあり……。

L― ちょうど《冬の旅》を創作していた頃の五十年代半ばに、貴方が準備しておられた、二十世紀外国詩人選集を見ても、その偏愛振りが非常に鮮明に浮き上がってきます。

B― 私の生きてきた二十世紀では、あの偉大な詩人、つまりポール・ヴァレリーのことですが、彼なしでも構わなかったが、例えば、ロバート・フローストは必要だった、と言ってきました。と言っても、イギリスやアメリカの詩人だけに関心を持っているばかりではなく、アントニオ・マチャード[*22]、コスタンティーノ・カヴァフィスの二人の名前をあげるだけです……。彼らは、何でもあの傾向に従わない、つまり、シンボリズムの継承を拒絶した詩人です。マチャードの詩は、私の編纂した選集に入っており、何とも言えない素晴らしさがありますよ……。

L―　ところが、ボードレールはさておき、フランス人は洗練的文体とかアイロニーの表現を使い、レトリックとか形而上学から救われる術を知っている時にだけ、自由な詩風に興味を寄せるように思われます。

B―　私はとりわけラフォルグ[*23]を愛しました。彼の詩は、本当に沢山読みましたよ。それから当時若かったエリオットを形成したのは、マラルメよりも、遥かにラフォルグだった、ということは不思議ですよ……。早死にしたけれど、ずい分多くのことができましたからね。私の若い頃、パルマ市内の道を歩いていると、ある道角で、ピアノの練習をしている音が聴こえてきて、恐らく女の子が弾いているのだろう、と想像していると、ラフォルグの詩がつい僕の口から、出てきて、吟唱しながら歩いたものでした。ボードレールなのですが、彼自身、エドガー・ポーを散文で訳しています。詩体上、非常に多くの推敲が重ねられたように見えるボードレールの詩は、他の言語や誇張されない散文にも、良く持ち堪えていることを、付け加える必要があります。

L―　長い時期に亘って、現代的な事柄の見方が、いかに一方通行の考え方に服従してきたかを認識するために、これについて、良く反省すべきでしょうね。

B―　評論の分野にも流行があり、その特徴とは、かつてオスカー・ワイルドが云ったように、早かれ遅かれ流行遅れになる、と……。

L―　それでは、お話が変わりますが、《冬の旅》刊行数年前の六九年に、バッカネッリの農園を売却されましたが、どうして、この決心に至ったのですか？　どれほど貴方には大変なことでしたか？

B―　ちょっと、経済的理由があったのでね。小作人がもういなくなって、借地人はいましたが、税金を支払うと余り手許に残らない程度の借地料だったためです。昔は、デ・ガスペリ判定があり、革命を起こす必要なく、農業で生計を立てる者には、非常に役立っていましたが、それはそうとして、さらに深い他の理由があったのです。その辺りは、工業地帯になりつつあったからです。我が家の庭に腰掛けていると、家の近くの工場のスピーカーが鳴り響くのですよ、「工員・・さーん、呼び出しでーす……」という大声が聴こえてきて、たまったものではありませんよ。しかし、家の思い出は、私の心に深く残されています……。ベルナルドが映画の仕事で収入が良くなってきた時、「僕が買い取るよ」、と云ってくれましたが、結局は実現しませんでした。ところが購入者は、古い鉄製品の商人で、相当金持ちだったらしくて家を大切にしたのですよ。つまり、その家に住まなかったのです。永い期間、私は家の夢を頻繁に見てね……、ローマからカザローラに行く時、バッカネッリに立ち寄るのです。家のうしろ側の戸口から入って行く夢なのですが、家に入りながら、「とどのつまり、もし気付いても、僕たちを許してくれるだろうから……」と独り言を言ったりして。これは繰り返して見た夢で。このような夢は高校の卒業試験の時に起こる、と云われています……。ところが、このところもうその夢も見なくなりましたよ。

L— 長年、ローマにお住まいですが、この期間バッカネッリでなくとも、パルマに住むため戻りたい、という思いを感じたことはありませんか?

B— いいえ、結局パルマにいた時は借家住まいで……。私たちにとって、基盤となる家はカザローラの家になります。事実、ここでは人々との絆があり、この地域の人の全員と知り合っています。あの人が結婚したとか、死んだとか、関心を示したり、互いに心配し合ったり……。ところが、ローマでは、同じ私たちのマンションの住民たちの間では、互いに関心を示さないのです。

L— 分かります。とはいえ、カザローラの家は冬の設備、少なくとも貴方はかつてこのようなことを書いておられましたが……。

B― いまは、ちゃんと設備が整っています、準備されていないのは、私たちの方ですよ……

＊1 作家、アルベルト・モラーヴィア。一九〇七年ローマ生まれ、同市一九九〇年死亡。

＊2 作家、エルサ・モランテ。一九一八年ローマ生まれ、同市一九八五年死亡。

＊3 詩人、サンドロ・ペンナ。一九〇六年ペルージャ生まれ、ローマ一九七七年死亡。

＊4 詩人、ピエトロ・ビゴンジャーリ。一九一四年ピサ生まれ、ローマ一九九七年死亡。

＊5 詩人、ジョルジョ・カプローニ。一九一二年リヴォルノ生まれ、ローマ一九九〇年死亡。

＊6 詩人、アンドレア・ザンゾット。一九二一年トレヴィーゾ近郊ピエーヴェ・ディ・ソリーゴ生まれ

＊7 一九五二年、ルチアーノ・アンチェスキにより創設された、詩人のアンソロジーのタイトル。その際、アンチェスキがセレーニに委任した任務。

＊8 文飾として用いられ、対照句よりも強い表現となる。同じ所に反対の意味を持つ言葉を並べる手法。例―急がば回れ。年寄り子供など。

＊9 文学評論家、ピエトロ・チターティ。一九三〇年フィレンツェ生まれ。

＊10 十六世紀から十七世紀に亘り、イタリアを中心に興隆した、誇張された技巧的様式を特徴とする美術運動。

＊11 建築家、彫刻家、画家、舞台美術家、演劇作家、ジャン・ロレンツォ・ベルニーニ。一五九八年ナポリ生まれ、一六八〇年ローマで死亡。

＊12 建築家、フランチェスコ・ボッロミーニ。一五九九年ルガーノ近郊ビッソーネ生まれ、ローマ一六六七年死亡。

＊13　詩人、ジャンバッティスタ・マリーノ。一五六九年ナポリ生まれ、同市、一六二五年死亡。代表作《アドニス》。特に、彼の文学的・芸術的姿勢に傾倒した、マリーノ風文体を好む詩人、作家たちに対して、「マリーノ派」の名称が付けられ、十七世紀ヨーロッパ的現象の一つに見做されている。
＊14　画家、建築家、美術作家、ジョルジョ・ヴァザーリ。一五一一年アレッツォ生まれ、ローマ一五七四年死亡。著書《偉大な画家、建築家、彫刻家の人生》（美術家列伝）
＊15　画家、本名フランチェスコ・マッツォーラ。一五〇三年パルマ生まれ、一五四〇年カサルマッジョーレで死亡。イタリア・マニエリスモの最も独創的人物。非常に繊細で優雅な画風で有名。
＊16　フランス人画家、一八四四年ラヴァル生まれ、パリで一九一〇年死亡。元税関史。象徴的、新印象主義的独創性に富む画境を開いた。
＊17　フランス人詩人、一八五四年シャルヴィーユ生まれ、マルセイユで一八九一年死亡。
＊18　作家、アレッサンドロ・マンゾーニ。一七八五年ミラノ生まれ、一八七三年ミラノで死亡。代表作《婚約者》
＊19　アメリカ人小説家、一八九七年ミシシッピー州、ニューアルバニー生まれ、一九六二年オックスフォードで死亡。代表作《響きと怒り》
＊20　スイス人心理学者、カール・グスターヴ・ユング。一八七五年生まれ、一九六一年チューリッヒで死亡。
＊21　詩人、ジョヴァンニ・パスコリ。サン・マウロ・ディ・ロマーニャ、一八五五年生まれ、一九一二年ボローニャで死亡。
＊22　スペイン人詩人、一八七五年シヴィーリア生まれ、一九三七年コリウールで死亡。
＊23　フランス人詩人、一八六〇年モンテヴィデオ生まれ、一八八七年パリで死亡。

第四章　回帰

ベルトルッチの多くの詩は、彼の先祖に縁《ゆかり》のあるカザローラが舞台になっている。本書で採用されたインタビューも、この場所で取材されたことを既に述べてきた。パルマ市から南西へ凡そ六十キロにあるカザローラに到着するには、有名なパルマの生ハムの産地、ランギラーノの町を通り過ぎ、さらに西方へと昇り坂の県道を行くと、コルニーリョの町に着く。ここから、モンキョの町へ導く非常に曲がりくねった険しい阪道が続き、ブラティカ渓谷を下に望む絶壁に架けられた橋を渡り、『アッペンニン山脈の川沿い』を更に登ってゆく。すると、夏季の期間ならば、ブナや栗の木が鬱蒼と繁る山が、雄大に眼の前に広がり、一時間半の旅を癒やしてくれるようだ。コルニーリョとモンキョの中間辺り、標高一千メートルの高さに（名前だけでも既に私たちには馴染み深くなった）、カザローラがある。

一、詩集《寝室》を尋ねて

一九五五年の春にベルトルッチは、セレーニに出した手紙の中で、既に《寝室》創作の話をしている。その第一詩章が五八年、詩誌に発表された時、ベルトルッチは『詩行での長編小説』と言及し、一九七九年の第二十七詩章の最初の場面を紹介した際には、『詩行による長編詩』としている。この詩集の刊行はその後延期され、一九八四年に出版された。

《寝室》は二巻の本から形成され、さらに四十六詩章に細分される、合計九千四百詩行で綴られる『長編詩』である。第一巻は〈家族の物語〉（一詩章―十一詩章）、〈おお、待望の町よ〉（十二詩章―二十三詩章）、〈無為な青春〉（二十四詩章―二十九詩章）に区分され、第二巻は、〈忍耐の要る時代〉（三十詩章―四十詩章）、〈ブラティカの深い渓谷で〉（四十一詩章―四十四詩章）、〈出発〉（四十五詩章―四十六詩章）に区分されている。

この物語は、『夢想的』なプロローグとなる第一詩章を除き、事実から発してはいるが、作者により全て創り上げられた物語である。

L―《寝室》は、読者から大好評を得たにも拘わらず、その価値に値するほど現在未だ良く理解されていないように思われますが、詩の分野で権威のある人からも、やや曲解されているようで……。

B―……あるいは、考えを変えたり。

L― 見かけにかかわらず、《冬の旅》より、もっと難しい本だから、この『こと』が起こったのだ、と思いませんか?

B― この本は、誰かが思い込んでいるような自伝ではなくて、「ジャンル」に基づいて構成されているものです。何人かの人はこの本を読まずに頭から拒否して、「ままならぬこと」と云っているくらいですから。

L― この『こと』はどうして生まれたのですか?

B― 他のところで既に述べたことですが、興味あることなので、再び繰り返して言いたい、と思います。第一の詩章は私の身体状態が最悪の時、つまり、『避けがたい病』を患う寸前に書きました。その他の全ての章はその後に書いたものです。多くの章(面白いことに、私は「章」と「詩章」の言葉の使い方が不定でね、両方を使うのですよ。「章」は余りにも長編小説っぽい雰囲気を与えるようで、「詩章」はポエム過ぎる感じになるのが心配で)は、カザローラで書いたものです。

毎朝、一つのテーマを頭に置き、それから、様々な方法で話が展開できるように考えていました。事実、第一章は一世紀から二世紀の出来事が納められてあり、他の章は、僅か二、三時間の間に展開する話となっています。何年間も、朝の九時になると、幅の広いノート・ブックを腕に抱え家を出て、カザローラからリアーナに続く、わりと平坦な道を歩きながら、最初の場面を書いていました。道端には、伐採された樹木を乾燥させるために、そこに放置されてあり、少し疲れを感じるとその木の上に座って……。それから再び歩き続けていました。時計がなくとも正午になると、構想した場面が書き終わっており、ノート・ブックを閉じて帰宅していました。その日の残りの時間は、この書き物には手をつけませんでした。翌日になると、再びやり始め、第一場面から第二場面が生まれてきて、第二から第三が……という具合に次第に進めてゆきます。或る時点で、何故詩章が終了したか解りますか？　それを閉じる場面があったからです。前に話にでた自動的書法に話を戻すと、このこと全ては全く無計画で行われたことでした。

L——　作品中、どの位の部分がカザローラ以外の場所で出来ましたか？

B——　ローマでもかなり書きましたね。モンテヴェルデから丘を降り、テヴェレ川の方へと歩いて、コーヒー店のラ・メーラ・ストレガータまで行きました。ここの店内には、ウォルト・ディズニーの七人の小人の森を再現した、巨大なポスターが壁に貼ってあったのです。そこでは、アッペンニン山脈の森の中にいるような気持ちになりました。ルンゴテヴェレ[*1]を走行する、絶え間ない車の往来の流れが、まるで音楽伴奏の持続低音のようで、そこで落ち着いて書くことができました……。そこで書いている間は、車の騒音の殆ど聴こえない、カザローラの静かな道端にいるほど、独りでいられたくらいだったのです……。

L——　いずれにせよ、根本的なことは、『一切を捨て去った心—無心—』になれるか、どうかですね？

B——　ああ、それは絶対に必要です。

L——　自分の身を委ねることに共振させてゆける人には、この本は読み易い、と思われます。まさにこの『身を任せる』ところから、この本が生まれてきたのですから……。ところが反対に、理論的基準の立場から話す者には難しい書物です。

B——　そう、それはあり得ますね。

L——　『夢想』とか『幻想』の表現は、《寝室》のライトモチーフの一つです。それでもやはり、貴方の作品紹介の際、「詩行での長編小説」とともに、そのことを喚起しています。とは云え、貴方の詩に

『夢想』を述べるのは余りにも曖昧なことだ、と誰かが云っていますが……。

B― 精神医学でも、ある精神分析学者と夢想について話したことがあるのですが、この医者は、医学的な意味でも正確な専門用語である、と私に云いました。これは『眠っていることと、眠れないこととの間にある、どの地域でもない中に居る』者の状態を指しています。

L― 英語の表現で同じことを云えば、デー・ドリームですね？

B― でも、『夢想』の方がもっと美しい感じがしますよ。

L― さらに『白昼夢』、『空中楼閣を描く』などもありますが？

B― でも、ちょっと滑稽で……。それから、むしろ醒めた感じが強いのではありませんか？ むしろ、『眼を開けたまま、夢見る』、と云うところですかね。ところが私には、眼は、案外いつも閉じられたままで……。

L― 本当に『白昼夢』の言葉は違うように響きますね？ だから、第一章の〈マレンマ住民の移住を空想しながら〉のタイトルに、ジェルンディオ*2を使ったのは、ぴったりの表現ですね。

B― 各詩章のタイトルは、詩集刊行の少し前に考えだしたのですよ。

L― 『夢想』の観点からは、《寝室》のイメージが全般的にどのように展開されるかを観察するのは、興味深いと思われます。バッハラールに依ると、『夢想』とは、本質的にイメージから流れでる暗示に対する、読者の答えだ、と述べています。《寝室》では、むしろ草稿に於ける内面的なことであり、それを書く詩人自身が最初の読者なので、あたかも夢みる全てのイメージに誘われて行くようになり、従って、それを書き、他のイメージを書き、とさらに異なるイメージへと展開する……

B― 全くその通りです。まさに一つのシーケンス*3が、他のそれを生む原因となるように、あるイメージが他のイメージを生み出すのです。

L— ところが、絶え間なく生み出される創造的効果の自由は、作品構成と全体的効果を構成する可能性に対立していませんか?

B— 詩集の構成については、非常に大切にしております。書く時には、全てが一つの構成部分になり得る意図を持っていました。ストーリー・ボードがなくとも、私の頭の中に詩集の構造がありました。いや、「あらねばならなかった」のです。まさに「夢の中でデッサンした地図」(第一章〈マレンマ住民の移住を空想しながら〉の八・八とか八・九詩行から)のように、次第に形作られていったのです。今、時間が経ってみると、その分割においても様々で、不可分なブロックで続いてゆく、我が人生とその推移について考察しているように思われます。

L— 《寝室》は、実際にはどの位の期間で書き上げたのですか?

B— 《冬の旅》を刊行した七十一年に、最後の二詩章を除いて書き上げておりました。この二章は、テッラーロの浜辺で書いて……、いつか、せめて家族、息子たちが興味を持ってくれれば、と思いながら、タンスの引き出しに仕舞い込みました。

L— 事実、ベルナルドはその一部を読みましたよね?

B— 何だか私に隠れて読んでいて……。それから本は《寝室》のタイトルではなく、英語の《ベッド・ルーム》と名付けるだろう、と私をからかいながら云っていました、イタリア語での《寝室》は、何だかちょっと猥……な感じがするので。

L— このタイトルを見て、誰かはずいぶん驚いたようですが。

B— このタイトルを選んだ理由は、人が生まれて死んでゆく場所を象徴するからで、そこを介して、全人生が通り過ぎて行く、場所―シンボル、場所―人生のメタファー、になるわけです。ペトロッキは好意的に「何で、ベッド部屋、と名付けないのか?」と私に云ったので、「うん、何故って、新婚夫婦の部屋とか、聖パウロスの部屋だってあるよ、だから、やはり《寝室》……」と彼に答えたものでした。

L― 《冬の旅》は、たとえ完全な独創性により表現されているにせよ、偉大な二十世紀作品の中に入るとすれば、《烏賊の骨》（註・モンターレ作）や《荒地》（註・エリオット作）とか《アルジェリアの日記》（註・セレーニ作）のようなテキストと共に、多用性のある点で通じ合う作品です。ところが、《寝室》の場合、ひと目見て外見は、確認不能の空飛ぶ物体のようなものです。ポエム、小説、偽ポエム、偽小説、詩行での映画、それとも他のなにかですか?

B― この本を定義するのに、かなりの人々が張り合ったのですよ。ともあれ、ガルボリが「詩行での映画」だ、と云ったのは、思い付きだけで意味のないことです。彼は、シリーズ・プランとして、物事を特徴づけることさえもしたのですから……

L― 私も「ズーム撮影」的なもののあることを書いたことがあります。

B― 多分ありますが、多くの二十世紀文学にあり得るものとして……。多くの作家にとり、映画は大切であったことを忘れてはなりません。

L― とは云え、《寝室》には、貴方の『夢想』の映画的構成要素がはっきりと現れています。例えば、第十八詩章では、初め「フィルムの一こまのストップ」について話し、それから「無声映画のト書き」を呼び起こしています。

B― そう、でもね、これは私の考察で、私のテキストが無声映画のト書きほどの時間に事実届いている、とは言いません。ところが大事なことは、話しが全て現在に展開するのは事実です。映画も、いつも現在の時点で進行します。第二十三章の〈おお、詩篇の詠唱者よ〉の中でだけ、思い出を語るのに、イタリック体でのくだりで書いています。
L—このくだりも、フラッシュバックのように、映画的キーで解釈されますが……
B—ええ、唯一のフラッシュバックです。《寝室》の他の全ては、現在の時点で語られます。
L—どうしてですか？
B—プルーストは、《失われた時を求めて》を書いた理由を質問した人に、『母がいつまでも生きていて欲しかったから』と答えています。私もいつまでも母親は生きていて欲しいし、彼女の元気な姿を見たいからです。あのピストイア馬車に乗る母を見たいから。
L—でも、貴方が現在に留まることは、写実主義的とか、もっと悪く云って、新写実的な種類の物語にはなりませんか？
B—いいえ！　話しは絶え間なく考案されたものですよ。
L—多面的な様相が、おびただしく見られる、実験的な本で……
B—それでは今、誰も知らないことを貴方に言いたい、と思います……。〈従兄のナンニ〉について書いた、第二十二詩章の終わりの方で、「小さなパルマの街の／九月の朝ほど美しく、心をうっとりさせられるものはない……」のフレーズがあります。これ、どこから来るのか解りますか？　ゴゴールの物語で、ややお粗末なフランス語で翻訳されている書物の初めに「小さなロシヤの／九月の太陽ほど美しく、心をうっとりさせられるものはない……」で、このロシヤの地域はウクライナのことですが、ここから採ったものです。時には、どのように物事を考えるかわかりますか？　また《私のボードレール》と題したエッセイの中で、エリオットのフレーズを採り上げています。つまり、『真の詩人は真似をしなくとも、盗用する』と云っているのは、非常に正しいと思います。《寝室》では、ボードレールからも一つを盗用しましたよ……。

L― それではここで、ちょっと方言について伺いたいのですが。貴方はパゾリーニの《カザルサの詩》がお好きで、また方言詩人を好んでいますが、一般的に方言を使用することを余り好まれないように、時には思われますが……。

B― いいえ、そういう訳では決してなく、私には出来ないので……、実際には方言詩を高く評価しており、好んでいます。私なりに私の方言を知っています……でも、方言では絶対に書けないのです。私には向かないのでしょう。レオパルディが方言で詩作できただろう、とは思いません。むしろ、方言詩人の中には、あの偉大な超詩人のジュゼッペ・ジョアキーノ・ベッリ[*4]がいます。

L― パルマで、方言詩の偉大な詩人が今まで現われなかった史的理由が想像される、とすれば、市民にとり、パルマで活気を感じるには、ヴェルディを歌うので満足していた、と云うことではありませんか?

B― そうです。ところが劇場に通っていたのは、ブルジョワ階級の人たちでした。その後、市内に住む者だけが行けました。郊外に住む者にとりヴェルディは、縦に届いたのですよ……。

L― 私が子供の頃、未だそうでした。ところでヴェルディは、居酒屋でも歌っていましたか?

B― さあ、どうだか……、いずれにせよ、色々な変化を経て達したのでしょうね。

二、小説の感覚

L― 一九五七年の貴方の未刊日記の中に、《寝室》を書く弾みになったのは、ニコラ・フェスタの散文体翻訳の《オデュッセイア》[*5]からだ、と書いておられますが。

B― ニコラ・フェスタの翻訳は本当に素晴らしいものでした。学校の授業に大変適した教材でした。行間訳の形だったからです。とはいえ、私の韻律にはパスコリの翻訳もまた、大切なものでした。

L― 《寝室》では、第十一詩章までは束縛されない十一音節に似たもので、他の詩章では、自由詩の形で書かれていますが。何故ですか?

B― それは、深く心に感じている私の大切な時代に近付き語ってゆくには、十一音節では古くさい形式に思われたからで、反対に自由詩を用いたことにより、まさに自由に表現することができました。

L― たとえ、貴方の十一音節での詩には、二十世紀に用いられた十一音節のようにゴロゴロ鳴る、あの響きが感じないにしても……

B― いやあ、耐えられないことで。

L― 真の独特なポエム(ホメロス、ウェルギリウス、タッソ)を除き、《寝室》作詩の契機となったのは、他のどんな詩行での物語でしたか?

B― 言えないですね。詩行での真の唯一の物語は、私の非常に愛したプーシキンの《エウゲニー・オネーギン》かも知れません。私の詩作に影響を与えたかどうかは言えません。散文体と詩行による、二通りの翻訳を読みました。ロシヤ語を知らないことを本当に残念に思いました。原語では素晴らしいものに思われたからです……。一見、簡単なように見えるエピソードがあり……ところが、言葉を知っている人たちは、ロシヤ国民文学を確立した人、私たちのダンテのようで……。文体的巧妙さでは、ウエルギリウスのように偉大です。

L― 歴史的観点から見ると、《オネーギン》は詩行での唯一の物語だ、と云うことは確かに事実ではありませんが、おそらく価値のある唯一の本です……。

B― 非常に価値のある作品です。とは言え私の考えですが、彼はバイロンの《ドン・ファン》からの影響を受けているようです。

L― 貴方が好まれた作品ではありませんか?

B― そう、もちろん。わりと若い頃に読みましたね。

L― 《寝室》の叙事詩的規模についてですが、とりわけ、貴方が多くの小説を読まれたことが貴重だったように思われます。もちろんプルースト以外に、どの作家の作品を読み、お好きになったのですか?

B― 分かりません。例えば《感情教育》を書いたフローベール。この作家は非常に好きでした。登場人物のいない小説なので大変非難されたのですが、人生の流転が含まれており……

L― 他のフランス人作家では?

B― バルザックの書いたものでは、私が翻訳した彼の作品で、プルーストにも大変好まれていた《金色の眼の娘》など。それから、例えばジロドゥーなどが、かなり好きです。

L― イギリス人作家では?

B―　少年の頃スティーヴンソンを良く読みました。そして直ぐに、ディケンズの《ピックウィック》や《デヴィッド・カパフィールド》などは、いつ読んでも素晴らしい本で……。トーマス・ハーディも良く読んだし、とても好きでした。とりわけ《荒れ野》（と、私がこのタイトルを付けたのですが、元の題名は、《帰郷》です。）この本でも、そのプロットには余り興味がありませんが、荒れ野の描写が見事で……。イギリスにニネッタと一緒に行った時、彼の生地、住んでいた場所、さらにあの荒野を見ました……。ヘンリー・ジェームズの本で良く読んだのは、《ある婦人の肖像》、《ポイントンの戦利品》、《ねじの回転》（この本が蒙った限りない解釈に余り気にせずに）、また非常に良く読んだ、《大使たち》、《鳩の翼》でした。さらに短編小説では、特に《中年期》。この本の中に『僕らは闇で：』というフレーズがあります。私なりに訳したのですが、『僕らは闇で働き、出来ることを行い、有るものを差し出す。懐疑を抱くのは僕らの熱意で、僕らの熱意は僕らの本分である。その他は、芸術に見られる常軌を逸したことだ』の言葉を使い、以前、私の書き物の頁を閉じたことがあります。

L―　では、コンラッドはどうですか？　彼の《青春》には、『青春時代は絶えてゆく』というフレーズがあり、貴方の作品中に二度、このフレーズが現われます。

B―　《青春》はとても素晴らしい本ですが、《影の輪郭》、《アルマイヤーの狂気》（これは再読しませんでした）、《台風》、《闇の奥》、《スパイ》、《西洋の監視の許で》なども素晴らしい……この《西洋の監視……》から、テレビドラマを書く予定で、脚本準備のようなことをしたことがあります。イギリス文学で好きなのには、二流作家のもありますよ。例えば、トーマス・ラヴ・ピーコックで、彼の《悪夢の僧院》を翻訳したことがあります。フィクション会話のスタイルで（これについては、エドムン・ウイルソンのエッセイを読んだことがあり）、楽しく読みました。

L―　アメリカ人作家については、誰が最も「感じ」ましたか？

B―　ニネッタ宛に出した手紙の中である時、フォークナーの《サンクチュアリ》のフランス語訳を読むよう、彼女に薦めたことがあります。彼女からの返事では、『恐ろしいところもあるけれど、とても良いところもある』と私に言ってきました……。彼の《響きと怒り》の新しい翻訳書の序文を書いたことがあります。ジョン・マルコヴィッチが《シェルタリング・スカイ》の撮影をしている時、ベルナルドに《響きと怒り》の映画化を頼んで来ましたが…。難しくて、出来ないことですよ。ところが《サンクチュアリ》の方は映画になって、タイトルが《破滅》に変っており、ミリアム・ホプキンスが演じていました。ニネッタがボローニャで観たのですが、多くの場面が検閲されたようだ、と云ってました。アメリカには、私たちの国のように検閲はないが、ヘイス法規がありました。これは、カトリックからプレスビテリアン（長老教会）に至る、全教会の規定を書き留めたもので……。もしも、これらの教会の一つが『この映画は観てはならぬ』と云えば、その映画を見せなかったのです。アメリカ映画で面白いことは、男女二人がいる場合、夫と妻も含め―例えば、グレタ・ガルボが年寄りの夫と一緒、とか云う具合に―、彼らの寝室にはいつも二つベッドが並べられてあるのですよ。アメリカでは、我々の国のように、まるでダブルベッドの使用が禁じられているように……。

L―　アメリカ人作家の一人で、貴方が多くの書評を書いたのは、フランシス・スコット・フィッツジェラルドですね？

B―　私たちイタリア人には、彼の傑作品は《夜の優しさ》でしたが、アメリカ人たちにとっては、《偉大なギャッピー》だそうです。《神経系虚脱》では、いわゆる『ジャズ時代の反響』があり、私のタイプではない、白人たちが奏でるもっと易しいジャズについて話されてあり……。ヴィットリーニが《アメリカ女》を制作した当時は、社会問題を扱った作家たちが――スタインベックなど――とても流行っており、フィッツジェラルドの人気は殆どなかったのでした。でもその前に、彼は非常に人気があり、先ほど言った《ギャッピー》の小説でしたが……。ところが戦後、驚く程の人気を挽回してね……。話しは変りますが、ウイルソンの書いた《仕事場の奥の少年》という題のエッセイがあります。この中でウイルソンは、『三人の偉大な作家はフォークナー、ヘミングウエー、スコット・フィッツジェラルドであり、その他の作家、スタインベック、コールドウエル、アーヴィン・ショー、カインなどは、たとえ彼らなりに優れていても、かの三人の作家に比べ、遥かにおちる』と云っています。（カインの本の一つから、ヴィスコンティの映画《妄想》が作られています。

L―　少し話しを戻して、アメリカ人二流作家の中にステファン・クレーン[*6]がいますが、貴方は彼について、熱狂的な言葉で書いていますが。

B―　ヒュストンの映画を観た後で、クレーンの《勇者の赤いバッジ》の本を読みました。映画でも遥かに素晴らしいものになれるのでしたが、まあねぇ……。ヒュストンは、とても賢明なことをしたのです。貴方は、あの意気地のない少年がいるのを知っているでしょう？　その役を演じるのに第二次世界大戦の最も偉大な英雄を取り上げたのでした……。本はとても素晴らしく、非常に印象派的か、それとも後期印象派的だ、と思います……。面白いことにクレーンは、戦争の経験が全くないんです。そのことを質問された時、『アメリカのフットボールの試合を見ただけです』と答えたのですよ。《オープン・ボート》も書いており、そこにはニューヨークで展開する物語と詩が収載されています。

L―　それでは、貴方がイギリスやアメリカの作家を愛読したことに付随して、貴方の推理小説への情熱を忘れることはできません。この情熱の反映は、《寝室》にもあります。例えば、母親に街へ連れて行って貰えるのを、やや熱狂的に期待する昔のアッティーリョの話などは、まさにミステリー物で……

B― これには理由があるのですよ。私が初めて病気を患った時――肺結核に進行し得る肋膜炎――、医者がどのように治療すべきか分からない時期があって、何も役に立たない、カルシュームの静脈注射をさせられていました……。少なくとも、二、三カ月間は、ベッドに寝ていなければならず、その時、推理小説とか「犯罪物」（と呼ばれていました）も読みました。シメノン[*7]の初期の作品、あの非常にフランドル地方的な多くの堤防や、多くの小船のある素晴らしい街の描写を思い出します……。あの時以来、この推理小説の『病』を、たとえ不規則的とは言え、私の心に絶えず抱き続けてきました。私のとても好きなこのジャンルでの作家の一人は、レックス・スタウト[*8]です。探偵小説以外のジャンルでも、とても優れており、つまり作家なのですね……。ちょっと革新派で、アメリカでは一つのケースでした。その上、彼が発案した、あの太鼓腹の男（註・登場人物の私立探偵ネロ・ウルフ）とは逆でした。彼の推理小説に出てくる、ニューヨークのあの感じが、私には好きでした……。とは言え、アガタ・クリスティーも好きですよ。彼女は大変優秀な作家でした。

L― 何人かの文学者は、推理小説を拒否する態度を取っていますが、これはちょっと、パゾリーニがオペラに対して示したのと同じではありませんか？

B― そうですね、まさにあのような態度でしょうね。

L― 推理小説の国境を越えて、貴方の中に『小説の意識』を形成するのに大切だった、他の作家がいますか？

B― さあ、分からないけれど、トーマス・マンかな？ 彼のものはずいぶん若い時に、ミラノで出していた立派な雑誌の《コンヴェーニョ》に掲載された作品を読みました。ある女の子を描写した《無秩序と早熟な悲しみ》と呼ばれるもの……。それから《トニオ・クレーガー》や《ブッデンブローク家の人々》も読みましたが、これは、少しうんざりして……。それから後になって、《魔の山》を読み、再読しましたが、一方では恍惚となり、他方ではちょっと不快感を味わいながら。肋膜炎を患った後、肺結核の症状を自認するのが怖くて……、その本を読むのを待ったのです。非常に素晴らしい本ですが、私の見解では、ややご機嫌とりのようなところがあります。《ヴェニスに死す》も、彼流儀に、とても立派な本です。ところが、聖書を取り扱ったのは、とっても詰まらないですよ。

L— ところで、イタリア人作家の小説では、特に何がお好きですか?

B— とっても、いや格別に好きなのはサルガーリです。サルガーリが好んでいた子供たちと、ヴェルヌが好む科学的素質のある子供たちとの相違を行い、小作品を創ったことがあります。私はヴェルヌが好きで。彼の本に描かれてある挿絵は、本当に私に夢をみさせてくれました……。

L— 小説家の中で、いわゆる職業的作家は誰ですか?

B— モラーヴィアの作品では、《シリウス》刊行と同じ年度だったと思いますが、《無関心な人びと》が出た時、直ぐに読みました。モランテの作品は少し後になって読みました。《アルトゥーロの島》が出版された時、本の表紙が私の好きでないグットゥーゾの絵だったので、拒否したのですが……。私が黙っているものだから、彼女は気を悪くして、面白い献呈文を添えて本を一冊送って寄越したのですよ。その献呈文とは、ちょっと、モーツアルトのアリエッタのようなもので……。それで、彼女の本を読んだわけでした。とても気にいりましてね、彼女が読んでいなかったボッカチョの《マドンナ・フィアンメッタ》の哀歌と比較しながら、長い手紙を書き送りました……。バッサーニは、いつでも好きな作家ですが、長編小説よりも短編が良いです、詩人としても興味深い作品がありますが、今では完全に忘れられてしまい、彼を再発見すべきだ、と思います。また、私が大変愛好するフェノーリョの作品について、一度パヴェーゼと口論したことがあり……。パヴェーゼは、一九四九年にストレーガ賞を受賞した後に、フォルティ・ディ・マルミに立ち寄ったのです。その時、彼に会ったのですが、まるで紙屑のようにくちゃくちゃになっており、とても悲しそうな顔付きでした……、なぜ自殺したのですか？　性不能だったからですか？　そうは思いませんよ。それどころか、アメリカ文学を愛好して共産党だ、と思い込んでいたからです。理由の一つにこれがあります……（マッティーソンにも、このような矛盾がありました）。ところが、新前衛派の作品は全く愚劣なものでね。

L―　ガッダは別として、新前衛派が口説いていた連中の中で優秀なのはマンガネッリではなかったですか？

B―　マンガネッリは少し並外れた才人で、特殊なケースでした……。ラジオ番組で良くあることですが、彼に突然、何かを頼んでも、絶対に間違いはしませんでした。彼とは早く知り合いました。グワンダ社のために、イーツの詩作品を幾つか翻訳して、なかなか良い訳詩だったのですが、グワンダの社長は認めなかったのですよ。彼のことを余りにも不細工な男だ、と云う理由でね。

L―　ガッダとモラーヴィアと共に、二十世紀イタリアの散文作品のちょっと文宗《ぶんそう》のような存在の二人について、未だ話していませんが、まさにズヴェーヴォとピランデッロの二人のことです。

B―　ピランデッロの作品では、別に面白くない本《老人と若者》を除き、小説は読んでいません。ところが、彼の劇作品には非常に感嘆しています。いや、ずば抜けていますよ……。最近、《山の巨人たち》を喜んで観ました。ズヴェーヴォでは、《老化現象》が並はずれて好きですよ。《ゼーノ》は余りそうでもないが……、不思議ですね。私は何回も《老化現象》を読みました。
L― それでは再び《寝室》に話しを戻してみたいと思います。この詩集の内容を豊かにしている物語を考案して行く嗜好なのですが、アッティーリョ師から子供のベルナルドまでの登場人物が、「グリファジーノ」のお伽噺をしながら、互いに張り合う場面では、いわゆる『神秘境設置』の仕方で、少し考察されていますが……。
B― ベルナルドの子供の頃は、とても健康でしたが、余り食欲がなかったので、彼にお伽噺を聴かせたり、また小さな芝居もして見せて食事を摂らせる必要がありました。それで、「グリファジーノ」の物語を考案しました。一方、「魔法使いのサビーノ」の話はカザローラに古くから伝わるもので……、この魔法使いは善人だった、と聞き及んでいました。当時小さかったジュゼッペに、ベルナルドと従兄らが、「グリファジーノ」が本当に存在していたことを遊び半分に信じ込ませるのは、良いことですよ。
L― 騙されたペテン師……、とは云え、遊びと『ほら話し』の精神は、たとえ最終的に『現実は夢に打ち勝つ』にせよ、全ての中でもっとも魅力的に思われます。
B― 私は『ほら話し』の表現が好きなのですよ……。チターティに依ると、少しトスカーナ地方の表現になり過ぎる、と云いますが、パルマでも使いませんか？
L― はい、方言語で使いますね。
B― それにしても良いですよ。「お伽噺」よりもうんと良い。子供のアッティーリョには、モンキョ、プラート、カザローラ等のアッペンニン山脈地帯に場面が設置された、民間説話の『ほら話し』が沢山あったことを思いだします……。

L―　《寝室》には、このお伽噺の嗜好と共に、《冬の旅》に見られるような魔術的な嗜好がありますが。

B―　そう、もちろん。魔法使いのサビーノを場面に導入するのに、ある時点で、『あらゆる種類の魔法使いがいます……』と云います。このフレーズはどこから来るか分かりますか？　ペロー[*9]の《赤頭巾》の末尾にあり、通常は翻訳されない六つの詩行から採ったものですが、アポリネール[*10]は、彼の詩《むかし、ルーと呼ばれる女の子がいました》に使っています。この詩は、まさに『あらゆる種類の狼がいます』で始まります。この女の子の名前「ルー」と狼のフランス語発音「ルー」の同音語による、言葉遊びが、ここに見られるのです。

L―　この物語性全てが、―ポエム、詩行での長編小説、お伽噺などから―吸収されているのにも拘わらず、《寝室》の最後から二番目の第四十五章で、著述家が自分について語り、「多分、僕に繰り返し言い、語るのだ／生まれながらの物語作家の僕／そうでないことを少し嘆きつつ……」と述べていますが。

B―　私は小説家ではありません。何十年も詩を書いてきましたが、長編小説を書くなんてことは夢想したことなどありません。とは言っても《失われた時を求めて》は、小説ですか？　真のプロットがありません。何ですか？　解らないが、確かに自伝ではありませんよ。

L―　《失われた時》が長編小説でないだろう、という事実は、それに取り組むような小説の常連家が不足していることからも確認されています……。

B―　本当にそうです。この問題に関して、変ったケースが話せます。三〇年代に、私の友人のビヤンキが他の人と組んで、この本のイタリア語訳をしよう、と考えたのです。それで、支払い請求を出版社に要求したら、「喜んで差し上げます」との返事を貰ったのですよ。もちろん彼らは翻訳しませんでしたが、貰えたのですよ。その頃、英語、ドイツ語、スペイン語の翻訳はされていましたが、イタリア語訳はなかったので……。

三、短縮法と音色

L― 引き続き《寝室》に焦点をあててゆきたい、と思います。この読み物を非常に豊かなものにしているものの中で、特に際立って見られることは、人物描写をする貴方の芸術的手腕です。細部に亘り、語句の持つ含みを示して、迅速に短縮法を使う、その文藻《ぶんそう》は見事なものです……。私たち読者に示す登場人物の何人かについて、前節で話してきましたが、他の人物について、注解とか手紙の追伸のようなものをお尋ねしたい、と思います。〈青年教育〉の詩章に、「不朽の夜想曲／パントマイム……」という、一節があります。私には誰だか解りますが、当時のパルマに住んでいた人たちには、特に解説の価値がある、と思われますが。

B― アルベルト・モンタッキーニです。彼はとても優秀な写真家で、テアトロ・レージョを写した素晴らしい写真があります。ところが、ちょっと想像できないほど悪ふざけが大好きな人でした。また、方言語での俳優もやっていました。食事の時は、みんなを非常に愉しませていたそうです。話が上手くて、ゲームを発案したり……。彼についてのエピソードの多くは、他の人から聴いたことですが。写真家としてはちょっと間抜けな若い助手のような者を雇っていて、ある時、その若者に『君、良い声してるじゃない？　ヴェルディのオテロができるかもね？』と云って、直ぐにパステルを取り出し、彼の顔じゅうを真っ黒に塗ったり……。或いは、ある時、電車の終着駅となる街の城門までニーノ・ビキシオを遣わせて、駅長に（街では重要人物でした）、『私の主人が、何時ごろ頭痛が過ぎるのか伺いたい、と申しています』、と云わせたのです。とは云え、この『飽くことのないクラウン』の側に並び、また対照的な人物もいます。

L― 《寝室》を通して出現する多くの神秘的な人物中の一人が、〈不思議な訪問者〉ですが、誰だったのですか?

B― ヴィニョーリというエンジニアでね。私の家の隣に住む人でした。近所の地主たちの間では非常に悪口を云う事で有名でした。この界隈では、ときどきプルースト的な紳士気取りをする傾向がありましてね、ヴィニョーリの地所は、名門の家族の農園に隣接していました。だから、水の権利のようなことについて話すために、会う機会があったわけです。ところが、街の中で通り過ぎる時とか、テアトロ・レージョなどで出会えば、まさに文字通り知らん顔をして……。

L― 《寝室》の語り手からは明晰に注意が払われても、同時に適切な間隔を置いた慈しみの眼差しがあり、登場人物の心理状態、その神秘さを損なわず、シルエットで全ての人物描写が行われていますが……。

B― 「はたして、どんな遠さから届く星の/幸せな出会いが……」

L― このことから、作風としての軽やかさを貴方に伺う必要がでてきます。多くのインタビューの機会に貴方がおっしゃった、感動的な内容の話があります。ドイツ軍側からの掃蕩作戦は、《寝室》の物語として充分に挿入されて良いはずでしたが、貴方はなさいませんでした。

B― 繰り返し言いますが、《寝室》は三面記事の話でも、自伝でもありません、これで良いのです。

L― 同感です。まさにこのため、貴方の記憶を弄ぶ時に現われる、流動性を強調したいのです。たとえイメージとエピソードの広大な視界が背後にあるとしても、《寝室》の総合的ビジョンに順序立てよう、と希求せず、決して記憶を得意がろう、と試みていません。私たち読者に、何か流動的で解放的な感じを絶え間なく与えてくれます……。

B— ジーン・ルノワールがベルナルドに言った言葉を思い出します（二人はハリウッドで出会ったのですが）、『いつでもレンズを開けたままにするのを憶えていてください、貴方が全く想像しなかったことが入る可能性があるので……』。

L— 《寝室》に見られる伸びやかさ、軽快さは、貴方の言葉を口述してゆく特性に、それらの第一の根底があるように思われます。

B— ええ、そうかも知れません。この観点から見て《寝室》は、朗読、口伝えに委ねていた昔のポエムを引き継いでいます。

L— まさにこの特性のため、この詩集は俳優たちにより劇場で読まれており、完全なテレビ版では、貴方が朗読しています。この貴方の経験についてどう思われますか？

B— 単に実際的な理由から、僅か数日間で仕上げねばならず、気持ちが良く集中していませんでした……。一つの公演番組なので、リハーサルとか準備の必要があったのですが、何もできなかったのですよ。とは言え、詩章を概説したことには、かなり良い結果になった感じがします。

L— 貴方の詩を朗読した俳優たちについて、何か思い出は？

B— 私は良い朗読者ではありませんが、詩人が朗読するのは、つねに意味のあることです。この最高の例は、ダイラン・トーマスで、このために生きて、死んだのですから。私はサバの朗読したレコードを持っており、聴く人を本当に笑わせるようなトリエステのアクセントでね……。

L— 《寝室》を良く朗読するのに、俳優は音楽的特性と声を変形してゆく要素を持つべきですね？

ちょっと、アッティーリョ師がお伽噺を話す時のような仕方で、つまり、さまざまに声の調子を変えて話してゆく必要がありますが……。

B―　お伽噺の中では、声の調子はさまざまです。初めに狼がいて、それから狐があらわれるので……。

L―　貴方の物語には多くの声部を必要としないけれども、多くの語調が明らかに浮かび上がる、微妙な感じのするポリフォニーがあるように思いますが……。

B―　ところが、多くの『悪意のない』《寝室》の読者は、私がクォテーション・マーク（引用符）を付ける時、話し手は私なのだ、と云うことが判らないことです。

L―　『私』とは何を指して？　語り手（物語作家）ではなくて、『アッティーリョ』が？

B―、『アッティーリョ』、もちろんです。これは思春期の詩章から始まります。このような「くだり」がいろいろ出てきます。さらに案外長いくだりで……。

L―　しかし、声の調子の異なるのが、少なくとも二つあっても、さまざまな音域すべてに亘り、声が響いており、その奥底にフルートのような音色で、絶え間なく同じ声が執拗に鳴り続ける感じに思われます。

B―　同じことではないけれど、ロンギが言っていたことは、まるで私の声が蛾のブーンという音のように、彼には思われる、つまり、うるさく付きまとう声だ、と……

　本章で語られる《寝室》各詩章の断片を紹介することは難しい。それで、かなりの紙面を要するが、アッティーリョ・ベルトルッチの誕生を描く第八詩章全体を一緒に読んでみよう。尚、前述した通り、物語は事実から発想された創作品である。

一九八四年刊行《寝室》から

第八章　蝋燭と嬰児

一年また一年　と歳月は流れゆき
サン・プロスペロでは
マリアのお産に気をもんだ家族は
彼女の実家に近いパルマ市をかこむ
豊饒な土地にめぐまれた他の地域に転居
そこは地主の家の明るさにふさわしく
栽培の良くゆきとどいた中農園
屋敷と隣り合わせの一戸建ての納屋や
家畜小屋を所有するこの土地の
ブルジョワ階級に欠かせない贅沢な櫓
薄暗い小ホールなどをそなえており
アーチ付きのかくし扉は始終
皆から利用され　主人の眼からも
昼間の疲れで肩や腰の痛みがわかるほど
小作人や雇い人がたえまなく
往き来するところ　それにしても

二軒の家屋をつなげる金具の輪が
ちぎれるまでには　まだ時間が
かかるには違いないだろうが、
彼らの瞳　ましてや物憂げな心に
秋の黄昏の気配が急に不安な影を
落とさぬうちに　はてしなくつづく
夏の午後の光に目のくらむ
暗がりの中で交じりあう青春が
種を温めるひんやりとした草床
まだ誰もいない早朝の入り江に
嬰児《みどりご》や燕たちの
到来する音が響いてくる。

すばらしい灌漑地の小部落は
アントニヤーノと呼ばれ　土手ぞいの
道を曲がるたび　主人を乗せる馬は
地面に揺らぐニセアカシアの枝葉の影に驚いて
あばれだす　すると落ち着いた手綱でなだめながら
しずめさせるのが上手なベルナルド

手に負えないような馬でも立派に調教する彼の手は
やや小さめだが　いつもきれいに磨かれてあり
その手に土地がわたったのが一九一二年のことである。

いっぽう　四回の出産で　傷ついた少女が
ふしょうぶしょう　大人に変容してゆく花嫁は
（あたかも春風がたち
どこかへ吹きさるように
上空に浮かぶ雲が
中身のない空っぽの
貝殻にしかすぎないように）
今は　五回目の分娩にせまられて
その明るい黒い瞳がじっと一点を
見つめたまま　片意地なほど無関心な
面持ちで　心を曇らせる日々なのである。
だから　陽がまだ明るいとき　マリアが
息子のウーゴの手をひき　馬車に近づき
汗のかいた仔馬をやさしく愛撫させてあげ
街からあなたが　疲れきって帰宅する

夕暮れ時　バラ色の冷気よりも
冷え切った　その栗毛にためらいながら
手を触れさせてあげてほしい。
秋から冬に移りゆく　はてしない
光にときめくパルマ市の展望される
チンギョの橋へと向かう　なだらかな
上がり坂が　彼女には苦しいかどうか
身に宿すひそやかな胎児のことを
彼女にきいてあげてほしいのだ。

タイヤの車輪のピストイヤ馬車は
路上をなめらかに　ゆっくりと走行し
帰宅のときには　川の土手からさきは暗黒の海
その中に消え失せるように建つ家並み
家畜小屋　納屋　民家がぴっしりと
寄り添い合って夜にさからうのか　それでも
石油ランプの色合いの異なる　赤っぽい
明かりのともされる家々は　それぞれが
独立して見え　家族と動物たちが

身体をあたため合う下の方の建物に
幽かな灯火が照らされているためか
この三つの建物はむすばれ　唯一のものと
なって見え　八時を鳴らすモーターがまわり
柱時計があえぐように　時刻を告げる前に
見失い　ふたたび出会う女と胎児　あなた方だけの
不在の部屋は　活気づき華やいでくる。
ウーゴのまわりをうろつく犬がほえると
マリアの顔色の変るのを
目敏く見わけるのになれている
女中や義姉たち
彼女の蒼白な素肌……それは
時の指にさわられた一輪の木蓮の花
あなたの萎れた輝きは　若い胎内にやどす
新児に　すっかり心がうばわれる女のように
夕べの気配がただようと　頬に生気が現われ
白い肌が　ひとしお際だって
夫の愛撫をいやがらず
炎の先のゆらめく蝋燭を手に

階段の闇を金色に輝かせ
胸を高鳴らせながら
暖房の温みにつつまれたベッド
愛のまじわりの共謀者へと
近づいてゆく。

晩秋から初冬にかけて生まれる者は
ストーブ　暖房　フランクリン[*1]などのある
金持ちの子なら　出産は容易
一条のわずかな光に痛ましくふちどられた
陽が昇ると　屋敷に住む者には
曙光は別のもの　まるで夏の陽ざしのような
暖かさに思われ　窓から　蔓棚の深い緑に
塗られた室内の壁に　光が反射すると
家のあるじの目からは　あたかも消え失せる
淡青色の入り江のように思われて
なつかしい情景なのだが
膝の痛みをかかえ　暖炉の火を吹くあまり
唇のかわいた雇い人や

いま目覚める者の眼からは
どうでもよい景色で
まだ寝ている者のために　と火加減が
ほどよくなるよう　暖炉を燃やして
疲れてはいるが　しっかりした足どりで
一人でいても　二人でいても物言わぬ者
話し中の者　開いた扉の陰に
立ちどまる者　降霜の細道をいそぐ者
彼らの暗さが活気づく　ある十一月の朝。

産子の時　醜くとも大きくなれば美男子になる
(とマリア　人々はあなたをなぐさめ
そう云うのか?)この新生児は
あなたの五番目で最後の息子　あなたは
わずか二十三歳で　あまりにも優しい
情熱はそこなわれ　山国育ちの血液との
交わりでは不充分　あなたに与えられた
二人の息子で　我慢しなければならず
ジョヴァンニ・ロッセッティがコンソメや

やわらかく煮こんだ肉を食べ
コクのある赤ワインの泡をすすり
エルサの思い出にひたりながら
年とともに成長する姿を
思いえがく楽しみが欠かされなく
生命はその意味や滅亡にささげられ
彼の機嫌とりは　アイロンかけ女の
アデリーナ　言いのがれや嘘をつかい
秘密の情報をサン・ラッザロと
アントニヤーノの間にたえまなく
流しては　母と娘　祖父母と
孫たちの関係を不和にした女だ。
食後の皿の後かたづけの不要な食堂の
暖房の熱気で　眠りをもよおす冬の午後
芝居を装い　あの子はいま　どの位の背丈に
なったろうか　金髪の色合いはどうだろう
(あるいは　よくありがちな燻った色)
そろそろ　見栄っ張りな年頃だろうか
何がほしい年頃か　など残された最後の

癖として　信じられぬほどの空想を
はたらかし　楽しむ彼なのだ。
だがこの新生児の到来が　その楽しい空想を
無残にさまたげ　ジョヴァンニの心に
燃えていた炎のような　エルサの
小さな姿はしだいに弱まり　やがて
ほとんど消え失せてゆくだろう。

カザローラに住む伯母たちは
他人の手を借りず　ゴマのように色黒の
新生児を念入りに調べ　人しれず
ため息をつき　あの大きな喪失に
このような埋め合わせは
どれほど　惨めなことであるかを考えて
嬰児の知覚の　可愛い目覚めでおわった
エルサちゃんが揺りかごの中で
寝ていた姿を思いえがく、
このように静かに食べては寝て
また食べる子に　何か美点がないものか

と空しく美徳をさがす彼女たち
単に動物的な動作にすぎない
と判断したがらないようだ。
けれども　彼女たちの知ることは
その父親は　口蹄病[*2]に苦労して
一日中　馬小屋で過ごしていることだ、
虫の飛び交う羽音が　ブンブン鳴る
六月の青空に　光を変えてゆくような
食堂に敷かれた　緑と黒のじゅうたんの上に
六歳の兄は鉛筆やペン　そのキャップ
ノート　児童用絵本などを並べては
遊びに夢中になっている、
窓ガラスの向こう側に　十一月の雨が
しとしとと犬たちに降りそそぎ　すぐに
消え去る夕べの賑わいにふさわしく
食事が準備され　また一日がすぎてゆく
その日が良い日であったか悪かったかは
問題ではない　眠りに陥る夜が来て
一日のおわりが近づく頃　その日に

満足できたか　悔いを残す日であったかが
いつも価値あることなのだ。

生後二十八日の心臓の鼓動をマリア
あなただけが知っている、優しく閉ざされた
ベッドの囲いにおどろく彼の手をたえず
はなしてあげて　嬰児の眠らぬ前に
心をときめかし　ぼんやりと化粧する間
寝返りを打つたびに　危ない場所に
嵌りこむかも知れぬ　わが子の手
風にさらされ　冬の陽に照らされて
家屋が一新されたようにかぐわしい
布とレースが　適度なもつれ具合で
織りこまれるような仮死状態で
眠りに陥っているわが子の姿を
ほれぼれと眺め入る彼女なのだ。
可愛い長女のエルサ
早死にした二人の子供たち
また病弱に生まれても今では勉強ずきな

幼年期　やがて落ち着いた少年期へと
成長しはじめるウーゴでさえ
どの子もその名と顔を混乱し
まちがえてしまうあなた
初めは夫婦の性交の罪に定められ
やがて地上には安らぎの
絶対に得られない
愛の共謀者となるこの部屋で
あなたや彼に与えられた時を過ごしながら
あなたの心はかき乱されたのだった。

嬰児は眼を閉じ
やがてもっと静かな寝息をたて
あなたが追いついてゆけないところへ
と眠りに陥るようだ、
あなたが起き上がる時が来ると
嬰児から少し離れたところに置かれた蝋燭の炎は
アントニヤーノ滞在期間に　藤の花が色あせて
バラの花が鮮やかに色づいて行った時の流れを

二人の瞼に反射している、ほどなく夕餉《ゆうげ》のころ
一日の仕事に消耗し　最後の気力とともに
家中から人々が集う場所へ降りる時がくる。
けれども　影はまだ完全に壁から外へ
現われない――部屋とその唯一の生存者を
手中に収めようとして　身をひそめる影
こんなに無防備な部屋の住人は――
邪魔されて目をひらき　小さな手で
彼の目先から油断なく影を取りのぞく
階段や玄関口の暗闇の向こうから
届く光と声は　すぐ近くでカチャカチャ鳴り
もしかして　移行した影はもう届かないところに
遠ざかっているのかも知れない、
人生と愛撫のときを長びかせ
過去にもどるには　とても
貴重なチャンスとなる
その時　あなたの明るい瞳は
嬰児のそれと　かち合うのだ。

家々や石垣　草木の陰で鳥たちが
安らかに眠る巣を　闇につつんだまま
暮れはてた　昼の光さながらの
錯覚を嬰児の眠りにもたらして
蝋燭の明かりはゆっくりと
炎とともに燃えつきる
もう　充分に錯覚を起こしていた
無愛想で　にべもなく呼ぶ声から
老人の指の関節のようにきしる
扉の音まで邪魔にならず
もはや不在者の呼吸となり
はてしない川の流れにみちびかれ
静かな入り江に注ぎこまれていた。
あたりを　闇が支配するのにさからわず
暗くなるにまかせ　光の瞬きが
金色の草葉のように揺らめいて
遠退き消え失せても　もうかまわない
嬰児にとり　眠りがたえまなく波打ち
流れゆくならば　夜の歓びに

身をまかして　熱中しようとも
マリアには　かまわないのだ。

＊1　発明者、フランクリンの名前を取ったストーブのこと。
＊2　流行性の動物の疾病。

訳注

＊1　ローマ市内を北から南西へと流れるテヴェレ川の川沿いの大道路で、各地帯により、ルンゴテヴェレ・フラミーニヤ、ルンゴテヴェレ・ジャニコレンセなど、其々の名称が付けられている。
＊2　二つの時制（現在、過去）を有する、イタリア語動詞体系の不定法の一つで、人称的、数的変化はなく、時間的に起きる二つの行為、プロセスの同時性、共存的なものを表現する際に用いられる。
＊3　映画用語。幾つかのシーンを寄せ集めた、ひと続きの画面。
＊4　詩人、一七九一年ローマ生まれ、同市にて一八六三年死亡。ローマ方言で書いたソネット。さらに多くの話題をかき集めた《ジバルドーネ》等が残されている。
＊5　古代ギリシャの詩人ホメロスの長編叙事詩。イタカ王のオデュッセウスが、トロイヤ戦争からの帰路に遭遇した、漂流と放浪の危険に満ちた様々な幻想的物語。
＊6　アメリカ人小説家、一八七一年ニュージャージー生まれ、一九〇〇年バデンヴァイラーで死亡。代表作《オープン・ボード》
＊7　ベルギー人作家、ジョルジュ・シメノン。一九〇三年リエジ生まれ、一九八九年ロザンナで死亡。推理小説《警視シリーズ・メグレ》

＊8　アメリカ人作家、一八八六年インディアーナ州生まれ、一九七五年ダンブリンで死亡。推理小説《ネロ・ウルフ》

＊9　フランス人作家、一六二八年パリ生まれ、同市で一七〇三年死亡。特に童話作家として有名、《赤頭巾》、《青ひげ》、《シンデレラ》など。

＊10　フランス人詩人、作家、一八八〇年ローマ生まれ、一九一八年パリで死亡。

第五章　天候不順な頃[*1]

　ベルトルッチが一九五五年に刊行した詩集《天候不順な頃》と同じタイトルの本章で、詩人の評論家としての思い出と彼の見解、その他についてラガッツィ氏のインタビューをさらに読みながら、二十世紀偉大な詩人アッティーリョ・ベルトルッチの長い人生の歩みとその作品の紹介を終えることにする。

L—　それでは、批評家としての意識と方法について、時には熱気を帯びた口論があるので、この話題に触れたい、と思います。この分野に於いても貴方の仕事は、特に若者に教えるべきことが沢山あるように思いますが。

B—　真にこの意味での評論家の仕事を実際にやったかどうか判りません。ちょっと何でも話していましたから。映画、演劇、美術などです。でも、厳しい意味で分析して批評する気はなく……。どうして、それができますか？　分かりません。私の書いた批評の中で、幾つかは《不整脈》に収載しましたが、たとえ、余り信じなくとも、いつも相手を窮地に追い込むことを避けていました。

L—　評論家プルーストの何が一番お好きですか？

B—　《サント・ブーヴ反対論》は、シャルダンについて書いた素晴らしい著作（私がとても大切にしている書物です）とフローベールとボードレールに関する事を書いたものです。この著作を見ても、厳しい意味での批評は余りなく、彼もまた脇道に逸れて……ともあれ、偉大な評論家です。ロンギが『十九世紀では、芸術評論家、ボードレールしかいない』と云い、『二十世紀では、プルーストのエッセイがある……』と云っていたことを思いだします。さらに、付け加えて、『僕ら、評論家は……』と、ロンギはウインクして、『僕らは全然、価値ないよ。もはや価値のない灰と影になった立派な人たちの本が、何冊も、何冊も図書館に一杯ある』と。

L― 貴方が評論家としてお仕事をなさる時、チターティのように、いつも主要な考え方を示して来られました。つまり、作品を理解するには、作家の人生記録が役立つ、ということです。二十世紀の流れに逆らう理念ではありませんか？

B― これは『サント・ブーヴ賛成論』、ということになりますね。サント・ブーヴは、伝記だらけで……。彼は《悪の華》について述べないで、数人の婦人の思い出について、本当に惚れ惚れするようなことを書きました……。

L― 貴方の書評の中では、伝記について多くのことを述べています。

B― そうそう、良い伝記を沢山読みました。その体験は、少なくとも私に良い刺激となりました。伝記の著作は、非常にイギリス的な芸術ですよ。フランス人は、このやり方に余り向いていません。今なお、プルーストの最も素晴らしい伝記は、ペーンターの書いたものとなっています。たとえ、膨大な書簡集が刊行された後、その伝記が古くなった感じがしても。ところがイギリス人は多くの伝記を書いており……。それらの本を読んでいるうちに、作品よりも人生の方に興味をいっそう持つようになって、ことによると、間違えることがあっても。ともあれ、人生を知る、と云うことはつねに啓発されることで……。一例を挙げると、リットン・ストラッキー[*2]の人生を読んだことがあります。彼は、全部で三、四冊の本しか書かなかった人ですが、その伝記は二巻に及ぶものなのですよ。『一匹の蝶に対する素晴らしい記念碑だ』と云った人がいました。それにしても、多くのことが会話なども含めて、表面的に現われてくるのです……。

L―　私の考えなのですが、貴方が批評を理解する方法の大切なバロメーターとして、『解釈反対論』のエッセイを通して定期的に警告を出しています。

B―　解釈を使う手段は早く廃れて行くべきで……。同じ解説者からも、逆の解釈をするようなセンセーションなケースのあったことが見られて来たし、もっと下品な意味に於いて、たびたびイデオロギー上の動機が絡んでいたわけでした。

L―　テキストを解剖して解釈を行う、と云うよりも、提示するルールに従うべきではありませんか？

B―　ルールに従いながら、それについての見解を多く差し出せるわけです。

L―　最近の評論家は状況の複雑さのために、しばしば混乱させられており、その基準適合の確認と共に、ある程度関心のある新人作家もいますが。

B―　そうですが、新人評論家もおり……、私自身のことでそれを証明しましたよ。

L―　発見すべき、とか、再発見すべきイタリア人詩人は誰ですか？

B―　特に発見すべき詩人としては、ヴァレーリオ・マグレッリがいます。人間としても夢想家のエーリオ・フィオーレ。パオロ・ベルトラーニの最近刊行の詩集は、ひじょうに素晴らしいものを見いだし、ジョットーの絵を思い出させる軽快さで綴られています。ブルーナ・デッラニェーゼは、目覚しい評論家的精神も備えており、英訳もよくやっています……。ともあれ、さらに若い層の詩選集に、深く侵入して行けません。その大半を知らないので。

L―　文学誌《新話題》の編集長をしていた時期があっても？

B―　あの時代の詩人の何人かの作品は読みましたが、その後、他に多くの詩人が輩出してきたので。その上、新しい小説がいっぱい出現して……。

L―　新人小説家の中で誰を高く評価しますか？

B―　ランク付けをする気にはなりませんね。分からないが、デル・ジュディチェは？　そのほか？さあ、誤ったことを云うかも知れないし、たまたま私が読んだ、という理由で、ある人の名前を出して、一方、その人よりも、もっと大事なのに名前を忘れてしまう恐れがあるからです。

L―　ともあれ、一般的な印象はどうですか？

B―　ここでは全てに亘りちょっと絵画の世界のようで。大雑把にでも考慮すべき要素があります。義務教育後、書く素質のある者には、この学校が提供しなかった時以上に自由に使える手段があり、その上、ありふれた方法でも多種多様なことが普及されており、マスコミを介してとか……。例えば、絵画の分野で一例を見ると、ニューヨークの地下鉄のグラフィティが話された後、パルマ郊外の標高七〇〇メートルにある町、コルニーリョの森でグラフィティをしていた者の話をするとか……。私の考えでは、これは大変心配される現象です。ここに、再び職人を模範にすることが大切になるのです。それらの事が、ある方法とか、他の方法で行われるべきだ、とは言いませんが、見習い期間がなければどうして芸術に従事できるでしょうか？

L―　それでは、出版界に話を移してみたいと思います。今日、本は以前よりも多く売れているようです。とりわけ、若者たちは良く読んでいるのではありませんか？

B―　そうですね、以前よりは良く読んでいます。ところが一方では、一般的に余り読まれない、と云われていますが……。大事なテキストを直ぐに読むわけですよ、これは後日、開花させるような種子を含む大きな利点になり、また、ことによると不利な場合もあります。と言うのは、ある話題を継続した方向へ進まず、省略して抜き読みをするからです。

L―　この「自由に」読む彼らの風習ですが、学校の単調さへの反抗的な態度かも……。

B―　学校の問題について、実は真剣に取り組んだことがありません。文部大臣が頻繁に替わり、その後、何も変らずじまい……。

アメリカの中学校は民主的に行われ、できるだけ簡単になっており、ところが大学の学費が非常に高いため、金の有る者だけが続けて勉強できます。偉大な教授連に恵まれ、見事な図書館のある素晴らしい学校に行けるのです。イギリスやフランスの良い学校では、新知識をかなり取り入れているように思います……。

L―　イタリアには、余り厳しい学校制度はありませんね？

B―　ところで、私が教えていた数年間は私流に教えており、成果があったように思われます。当時の教え子たちから、いつも聴かされるのですが、美術史は学校の教科としては、全然重視されていなかったにも拘わらず（この科目で落第するのは殆どなかった意味で）、生徒たちから好まれていた、とは言いませんが、説得力のある教師として興味深く思い出に残されているようです。

L―　ところが、私たちが知っている学校社会の多くはミュトス（神話的伝説的人物）が必要なのに反して、次第に荒廃しています。

B―　ミュトスがなくては、文明は頭なしのようなものですよ。
L―　人々がミュトスを必要とすることで、かなりペテン師的なやり方に基礎を置いた、情報関係の分野が広告です。とは言え、広告も悪魔のようだと云われていませんか？
B―　いたるところ、広告の貼り紙で一杯の私たちの街の壁は、民主主義の美術館だ、と誰かが云いました。美術ギャラリーに一度も足を踏み入れたことのない人々は、時には、何らかの形で真の芸術が反映する、印刷された活字、色彩など、それらを見てそう思うのでしょう。最低レベルの芸術で、あんまりですよ……。
L―　時には、この広告に見られる図形は、ポップ・アーツを知っている者に、デジュア・ヴュー[*3]の不思議な効果があるのですが。
B―　昔、コーヒー店で起こった、左派の連中との論争が思いだされますね。この人たちはリヒテンスタインの漫画とか、オールデンブルグの小型のパンなどは、アメリカに対する芸術家たちの嫌悪感の表われだろう、と考えていたのです。絶対にそうではなくて、これらのことから彼らのインスピレーションを得ていたのでした。ところがその後、ポップ・アーツも絶えていきました。今、二十世紀末、二十一世紀へ向かう時になり、全てにおいて、少しばかり倦怠気味ですが……。
L―　この倦怠気味についてよく聴きますね。とりわけ宗教的価値観の必要性を取り戻しています。ある種のスポーツに見られるような群衆以上に、伝説的英雄と儀式でさえも、時にはこの必要さの兆しを見せているように思われます。
B―　ところが、少し身の毛のよだつような事もありますよ。血みどろの英雄たちに根拠を置かれたような多くの宗教では……。

L―　本当にそうですが、例えば、仏教に近付く若者たちのことを忘れてはならない、と思います。

B―　これは、とても興味のあることです。

L―　わりと最近のことなのですが、《レプッブリカ》紙上で、チターティとスカルファリの間で、ユートピアの価値観に関する討論が行われました。スカルファリは、とりわけ今世紀には（二十世紀）、ユートピアは最大の被害を造り上げたことは事実だ、と是認しましたが、なにかのユートピアなしでは済ますことができない、と付け加えていました。

B―　私たちがその必要を感じねばならぬ、と云っているのですよ。つまり、偉大で壮大な意味でのユートピアが存在するチャンスがない程に、多くのくだらないメッセージの中に人々は巻き込まれているのです。

L―　人々の神経は参っていますね。

B―　ユートピアだ、と信じていたものが崩壊したからであり……。

L―　だから、日常のことにもミュトスが残り、物事に見せかけの意味を与え易くなりますね。

B―　かなり強く印象を受ける現象があります。つまり、連帯感と云うもので、これは、新しい宗教のフォームですよ……。数年前、サルソマッジョーレに行った時のことですが、宿泊したホテルの給仕長は、ホテルで勤務をしない期間にフィデンツァ[*4]まで行き、終末期の病人たちの介護のため、彼の奥さんと一緒に出かけていることを聴きました。こういうことに奉仕する人が多いそうです。不思議なことに……。

L―　今は、私たちに向けられる課題は多く、その問題に対し、ときおり何かを考案する努力をしない限り、私たちには他の答え方がないのです。

B―　今、ほかに吃驚することとは、性に関することです。
L―　どんな意味で？
B―　新聞を読むと、恐ろしいことばかりですよ。全ての新聞の頁には、ひっきりなしに性犯罪の記事が書かれるなんてこと、あり得ますか？　今は、以前よりもこれらのことを書く勇気があって、例えば、父親が四才の女の子を犯した、とか。ともかくこのような例が多い、ということはあり得ますか？　三面記事は、逆に悪影響を及ぼす危険性もあるのですから。《若きヴェルテルの悩み》が出版された時、ヨーロッパでは非常に多くの自殺者があったのです。（ところが彼、ヴォルフガングは穏やかそのもので）
L―　テレビ・ニュースは、どこのチャンネルを見ても、気が滅入ってしまう話だらけですね。
B―　それでも新聞は、或る事柄についての記事を自由に書いています……。
L―　それらの事が報道されなかった時の方が良かったですか？
B―　彼らはそうでない、と云います……、さあ、私には分かりませんね。
L―　未来を考える時、何を感じますか？　未だ何か期待できる余地がありますか？　パゾリーニが、貴方のことを『君にとり、期待とは／その期待を求めないことだ』、と書いていますが。
B―　彼の期待の的はマルクス主義でした。私は、それを持つ必要がありましたか？　未来に生命が生き延びてゆくことを信じています。『原子爆弾投下の後、草木や蝶々が、再び成長し始める……』と、何処かの場所で私は言ったことがあります。いつでも、このことがあるでしょう。それよりも二十一世紀には、特別な何かが起こるだろう、と思います。オールウエルの[*5]《一九八四年》は、他と同じ年度でした。それにしても、十一世紀でもそうだったし……。『十一世紀以降の全世界』は、（ヨーロッパを指していました）『司教座大聖堂の純白な装いを再び着た……』の、非常に素晴らしいフレーズがありますよ。

L― 《冬の旅》の詩の〈歳月〉の中で貴方は、「フランスの暦で開かれる、一千年を閉じるのに／この重労働とか農業祭が続くなら、／稲穂の脱穀で調子を整え心臓は／安心して打ってゆく……」と述べています。ここで触れる『この重労働とか農業祭』は、アッペンニン山脈地方では、未だ続いていますか？

B― 生存問題に関わることです。例えばカザローラの地域について、『ロバや栗の木、石ころなどの豊富な……』、と述べていますが、今はもう、ロバはいません、それは素晴らしいものだったのに……。幸いなことに、私たちにミルクを提供してくれる人たちが未だいますが。農家では、モダンな農機具、草刈り機や他の機具なども多く利用しています。私はこれらの機具が好きでね、ちょっと、ポップ・アーツのようで、いつも、機具は耕作地の緑に反して、非常に強烈な色で塗られており……、そういうのが我が家の前を通るのですよ。昔はロバが好きだったけれど、この機具を見るのも好きですよ。時代の変化を受け入れねばなりませんね。先進国では、現代的なものは、既に日常茶飯事になって……。

L― 定義するのは難しいことですが、その語彙の意義で意見の相違があります。ところで、貴方に聞きたいのですが、ポストモダニズムとは、何だと思いますか？

B― その言葉を良く使うのだけれど、例を示さない……。

L― 多くの見解を要約して、アントワン・コンパニョンは、全てでありまた全てに反対する、と述べるに至りましたが。

B― 私たちのところ、イタリアでは、例えば詩に於いてのいわゆるモダニズムは、一度も理論づけられたことはありません。モダニストは誰でしたか？　ウンガレッティではなかったです。ところが、モンターレもそうでしたか？

L― 少なくとも確信を持って云えることは、モンターレはエルメティックではなかった、と云うことです。

B― 彼はモダニストではなかった。

L― では、貴方はモダニストですか？　パゾリーニは、貴方の表面的な反現代性は、いわゆるモダニストとされている者よりも、遥かに現代的だ、といつも云っていました。

B― 多分、現代的でないことを怖れない者だけが、モダニストであり得るかも知れませんね。

L― では、現代風でない方法でこのインタビューを終えるには、何といわれますか？

B― アーメン。

訳註

＊1　ベルトルッチの詩に現れる、様々な気象変化の描出は、不安な現世のメタファーとして、用いられているものである。

＊2　イギリス人評論家、伝記作家、一八八〇年ロンドン生まれ、一九三二年アンクーパン死亡。

＊3　初めて見ることでも、既に見たような感覚を与える印象。既視感、既視体験。

＊4　パルマ市から北西へ二十三キロの小都市。一九二七年まで、サン・ドンニーノ村と呼ばれていた、紀元前一世紀創設の古い歴史のある町である。

＊5　イギリス人小説家、随筆家のエリック・ブレールのペンネーム、ジョージ・オールウェルは、一九〇三年ベンガーラに生まれ、一九五〇年ロンドンで死亡。

アッティーリョ・ベルトルッチ年譜

一九十一年十一月十八日　パルマ市郊外のサン・プロスペロで生まれる。

一九一二年　パルマ市に近い、アントニヤーノの農園に家族全員で転地この土地で六歳まで成長する。

一九一六年　洗礼を受けた司祭から贈呈されたトルクワート・タッソの《解放されたエルサレム》を読み始める。

一九一七年　田舎の小学校へ入学。

一九一八年　パルマ市の国立マリー・ルイーズ寄宿学校に転学。この年から試作を試み、初めてヴェルディの音楽に接する。

一九二〇年—二一年　学校を休学し、母方の祖父に付き添い、サルソマッジョーレに一年間滞在する。

一九二一年　アッティーリョは家庭に戻り、アントニヤーノからバッカネッリの農園に家族と共に移転。

一九二五年　マリー・ルイーズ寄宿学校に外部から通学することになるこの年、代用教員として中学校に赴任して来たチェーザレ・ザヴァッティーニとの出会いがあり、教師と生徒間の交友は、その後長く続くだろう。

一九二五年―二六年　ピエトロ・ビヤンキと知り合い、映画への情熱が始まる。

一九二七年　高校一年に進級し、ニネッタ・ジョヴァナルデイと知り合う。

一九二八年　ザヴァッティーニが編集長を務める《ガッツェタ・ディ・パルマ》新聞に寄稿し始める。

一九二九年三月十二日　処女詩集《シリウス》が刊行される。
この同じ時期に『疾病恐怖症』が現れ始める。

一九三一年　パルマ大学の法学部に入学。

一九三三年―一九三四年　ニネッタと婚約。
三三年秋頃から三四年にかけて肋膜炎を患う。

一九三四年　詩集《十一月の火》が刊行される。本詩集は、フィレンツェの「リットリアーリ文化」コンクール第二位に入選。

一九三五年　法学部を退学、ロベルト・ロンギの講義するボローニャ大学の文学部に入学。
この年、ニネッタと一緒にストラヴィンスキーのコンサートを聴きにゆく。

一九三七年　最愛の母マリアが四十九歳で、肝臓病で死亡する。

一九三八年以降　ミラノ在住の詩人ヴィットーリオ・セレーニとの交友が始まり、その後、二人の詩人間での深い友情が生まれる。
この年の十月、ニネッタと結婚し、パルマ市の借家住まいで新婚生活が始まり、彼は高校で、彼女は中学校でそれぞれ教鞭をとる。

一九四一年三月十六日　長男ベルナルドが生まれる。
この年の秋、唯一の兄ウーゴが突如、穿孔虫垂炎から腹膜炎を起こして死亡する。

一九四二年四月二十二日　徴兵命令を受け、ピアチェンツァの軍事司令部の戦争捕虜事務所に回される。
同年九月末、心臓期外収縮のため、除隊許可が下りる。

一九四三年―一九四四年　ニネッタと幼児ベルナルドと共に、カザローラに転居。

一九四四年七月二日　アッティーリョ一家の住む　アッペンニン山脈一帯にナチ親衛隊による、最も規模の大きい凶暴な掃討作戦が行われ、アッティーリョの伯父二人が虐殺され、同年暮れに、彼の教え子二人がパルチザンとして殺害される。

一九四六年　学校に復帰し、教員生活を続ける。

一九四七年二月二十四日　次男ジョヴァンニが生まれる。

一九四八年　ベルトルッチの翻訳によるワーズワースの詩作品が詩誌《ポエジア》に掲載される。

一九五十年　雑誌《パラゴーネ》の編集長になる。
同年の夏、海水浴場のフォルテ・ディ・マルミで、自殺直前のチェーザレ・パヴェーゼに出会う。

一九五一年四月　アッティーリョは、単身でローマに移転、新しい仕事を見付けるまで、高校で教えることになる。

同年　五月　詩集《インディアンの小屋》刊行。本詩集には、後日、《家からの手紙》のタイトルとなる詩作品も所収されている。

同年、作家、詩人のピエル・パオロ・パゾリーニとの出会いがあり、二人の間の親交は、パゾリーニの不慮の死まで続くだろう。

同年、八月《インディアンの小屋》が、ヴィアレッジョ賞一位を獲得。十月にニネッタがローマに教職を得て、転任する。

一九五二年　イタリア国営放送局（ＲＡＩ）の第三ラジオ番組の仕事を開始する。

同年の夏、子供たちがローマの両親の許に来て、家族一緒の生活が始まる。

一九五三年四月　ヴィッラ・デステ・モンパルナーゼ賞獲得。

一九五四年　教職から完全に引退する。

同年　十一月九日　父のベルナルドが狭心症で死亡。

一九五五年　《インディアンの小屋》第二版刊行の際、詩集《天候不順な頃》の作品が所収されて出版される。同年七月イタリア炭化水素公社（ＥＮＩ）の社誌の編集責任者となる。

一九五六年　カザローラの家の改築、家屋修復工事を施工。

一九五七年　この頃より、精神的不安の状態が顕著になり、専門医の精神的支持治療を受けることになる。

一九五八年　ベルトルッチによる翻訳が大半の《二十世紀の外国詩》撰集が刊行される。

一九六〇年　詩集《寝室》の創作に取りかかる。
一九六二年　パゾリーニのシナリオ、長男のベルナルドの監督による映画《ラ・コンマーレ・セッカ》（《日本語タイトル《殺し》》が、ヴェニスの映画祭で上映される。
一九六六年　RAIテレビの文化番組の責任者となる。
一九六九年　ベルナルドが制作中の映画《ストラテジーア・デル・ラーニョ》（日本語タイトル《暗殺のオペラ》）のロケーションを観に出かける。この年、バッカネッリの家屋と農園を売却。
一九七一年　詩集《冬の旅》が刊行される。
一九七三年　詩集《インディアンの小屋》第三版が出る。
一九七六年より　イタリア最大の日刊紙の一つ《ラ・レプッブリカ》に寄稿し始める。同年、カンヌ映画祭にベルナルドの監督による新作映画《一九〇〇年》が紹介されるため、ニネッタと共に、フェスティバルに出かける。
一九八一年　彼の総合的作品に対し、ヴァン・アント賞が授与される。
一九八三年二月十日　親友の詩人ヴィットーリオ・セレーニが動脈瘤で死亡。
十二月　マルティーナ・フランカ賞を受ける。
一九八四年　詩集《寝室》第一巻が刊行される。
同年六月、詩集はビエッラ賞を獲得、七月には、ヴァッロンブローザ賞を受賞、

十一月十五日　パルマ大学で、「名誉」学士号が授与される。
一九八五年三月二十四日　「話題の作家」に与えられる国立ジャンニーノ賞を受け取る。
一九八七年　胃潰瘍の手術をする。
十一月二十七日　内閣総理府は、『金ペン』賞を彼に授与。
一九八八年　詩集《寝室》第二巻が刊行される。
十二月十三日　敬愛していた恩師、ザヴァッティーニが死亡する。
一九九〇年　ガルツァンティ社から既刊の全叙情詩を所収した詩集《レ・ポエジーア》が刊行される。
十一月　ベルナルド監督の映画《シェルタリング・スカイ》の試写会に招待され、ニネッタと共に、パリとロンドンに行く。
一九九一年　詩集《レ・ポエジーア》は、リブレックス・グッゲンハイム賞を受賞する。
九月　散文作品を収録した《不整脈》が刊行される。
一九九二年十月三十一日　パルマ市国立文書館内に、公式に文学書館が誕生し、ベルトルッチの自筆手稿、サイン入りのタイプ原稿が収納される。
十一月十一日　全作品に対し、アカデミア・ディ・リンチェイから賞を受ける。
一九九三年五月　新詩集《チンギョの泉》が刊行される。十月、モンデッロ賞を受賞。英国で、彼の《翻訳詩撰集》が出版される。
十一月十三日　彼の詩作品に対し、フライヤーノ賞が贈られる。
一九九五年三月六日　イタリア下院議会において、マリオ・ルーツィ、ピエロ・ビゴンジャーリ、エドアルド・サングイネーティの詩人たちと共に、彼の数篇の詩を朗読する。

一九九七年十月　ミラノのモンダドーリ社から《アッティーリョ・ベルトルッチ全作品集》が刊行される。

一九九九年九月十六日　彼の職業活動に対し、《レリーチ・ペア》の褒賞が贈られる。

二〇〇〇年六月十四日　ローマの自宅で、家族全員に見守られ、あの世の人となる。

十六日　パルマ市に於いて市民葬祭が行われ、ヴィッレッタ墓地の家族の礼拝堂に埋葬された。

二〇〇四—二〇〇七年　パルマ市に於いて、アッティーリョ・ベルトルッチに捧げた国際詩人賞が創立されるが、その後、ベルトルッチ財団創設案を進めており、本財団内に国際詩人賞を設置する予定のため、二〇〇七年以降、一時的に中止されている。

著者紹介

パオロ・ラガッツィ　文学評論家、随筆家、作家

北イタリアパルマ市出身。ボローニャ大学文学部卒業。

二十世紀イタリア文学を専門に、イタリア国内を始め、ヨーロッパ、アメリカ、日本など数々の文学国際会議、講演会、研究会、大学講座、国際的に著名な文学者、詩人たちとの出会いの場に於いて、講演者として活躍中である。しかし、彼の文化的関心は絵画から映画、日本詩から禅にまで及び、さらに推理小説や童話作家としても非常に豊かな才能を示し、高く評価されている。

またイタリア国営放送局（ＲＡＩ）の文化番組を担当、多くのラジオ、テレビの生放送に参加。一九九二年、パルマ市国立資料館内に、文学書特別資料館を設置、現代作家の手稿保存に尽力し、現在その責任者を務める。イタリア国内の著名新聞、文学誌、詩誌などの文学欄を担当、特に《ガッツェッタ・ディ・パルマ》紙ではレギュラーとして執筆、《イル・ジョルナーレ》、《アッヴェニーレ》、《ルニタ》などの日刊紙、ヨーロッパで非常に権威ある詩誌《ポエジーア》、《パラゴーネ》など、その他数多い文学誌の寄稿者として広く知られている。

さらに、イタリア中部ラクイラ県ペスココスタンツォ市に於ける、詩、音楽、彫刻の国際フェスティヴァル《モート・ペルペートゥオ》の詩分野の共同責任者として参与、多くの国際的に著名な詩人をイタリアに紹介したメリットは大きい。その他、ミラノ、フィレンツェ、ラヴェンナ、ヴェニスなどの各都市の文学、芸術フェスティヴァルの企画に関与している。

彼と同郷のイタリア二十世紀の偉大な詩人の一人、アッティーリョ・ベルトルッチの思い出に捧げ、

「チェント・ラーギ」公園と協力の上、パルマのアッペンニン山脈に文学公園を創案、現在多くの見学者が訪れている。

現在、「マリオ・ルーツィ」国際詩人賞の審査委員会のメンバーを務める。

ミラノ市在住

随筆

《アッティーリョ・ベルトルッチ》（ビエッラ賞受賞）
フィレンツェ、ラ・ヌオーヴォ・イタリア社、一九八一年刊行
《夢想と運命》
ミラノ、ガルツァンティ社、一九九三年刊行
《手品師的作家の肖像》
レッジョ・エミーリア、ディアバシス社、一九九四年刊行
ベルガモ、モレッティ・ヴィターレ社、二〇〇六年再版
《ふと、思い出しながら―アッティーリョ・ベルトルッチとの対談》
パルマ、グワンダ社、一九九七年刊行
《世界の思想の中で》（アンブロージョ・ダ・パウッロ賞受賞）
ポッレッタ・テルメ社、二〇〇〇年刊行
《眩暈、時代の現代的不安》（ヴィアレッジョ賞入選、ロゼート、「薔薇の街」賞受賞）
ミラノ、アルキント社、二〇〇二年刊行
《詩人の家―アッティーリョ・ベルトルッチと過ごしたカザローラでの二十四の夏》―ベルナルド・ベルトルッチの序文付き―
パルマ、ガルツァンティ社、二〇〇八年刊行

物語

《ゲームの函》（ステファノ・スパニョーリの挿絵付き童話）
レッジョ・エミーリア、ディアバシス社、二〇〇〇年刊行

《フォッリョリーナ》（ヴィヴィアーナ・ラガッツィの挿絵付き童話）二〇〇七年十月七日、アンナ・オスティ国立文学賞受賞
トレヴィーゾ、エディティング社、二〇〇六年刊行

主な監修作品

《仙厓義梵の作品に観る禅僧の賢明さ》（日本詩アンソロジー）パルマ、グァンダ社、一九九四年刊行
ミラノ、コルバッチョ社により二〇〇四年再版

《アッティーリョ・ベルトルッチ、全作品集》―イ・メリディアーニ叢書―
ミラノ、モンダドーレ社、一九九七年刊行

《苔と露》日本詩アンソロジー（マリオ・ロッコの翻訳による）
ミラノ、ブル社 一九九六年刊行

《底のない釣瓶》高野喜久雄詩撰集（一九五二―一九九八年）（松本康子の翻訳による）
ローマ、ピアッツォッラ財団、一九九九年刊行

《遠くの空で》高野喜久雄詩撰集 ―オスカー・モンダドーリ二十世紀叢書― （松本康子の翻訳による）
ミラノ、モンダドーリ社、二〇〇三年刊行

《ピエトロ・チターティ作品集、ホメロスからナボコフまでのヨーロッパ文学文明》―イ・メリディアーニ叢書―
ミラノ、モンダドーリ社、二〇〇五年刊行

編訳者紹介
松本康子（サンマリーニ松本康子）

東京芸術大学声楽科卒、ローマ・サンタ・チェチーリア音楽院終了。

一九六九年イタリア国営放送局（ＲＡＩ）の「新人歌手」紹介番組に、同放送局ローマ響の伴奏でデビュー以降、イタリア各地でソロ活動を行なう。主にＲＡＩの四大交響楽団、ミラノ、ローマ、ナポリ、トリノ響で、世界初演曲や演奏稀な作品のコンサート、録音を行い、サヴァーリッシュ、ベルティーニ、ベッチャー、バルトレッティその他、多数の著名指揮者と共演。これらの実績が認められ、一九七七年、指揮者ニーノ・アントネッリーニの招聘を受け、当時『ＲＡＩのダイヤモンド』とも呼ばれていた、高名なポリフォニー団体に加入。ＲＡＩ専属ポリフォニー歌手としてイタリア全土、欧米諸国で演奏。その間、ヴィヴァルディ未刊作品の紹介演奏を始め、古典音楽グループでカリッシミ、その他オラトリオのソロ活動を行い、堅実な職業歌手としてさまざまな幅広い演奏活動を体験する。

一九九三年から日伊文化交流に参与。特筆される企画は、聖年に因み、一九九九年のクリスマス・イヴ、ローマのサン・ピエトロ大聖堂の開門式で、琴演奏（さくら）による初の日本音楽の参加を実現、その模様は全世界に向けてテレビ中継された。二〇〇一年の『日本におけるイタリア年』に、イタリア外務省、東京のイタリア文化会館からの招聘で、松本訳による二冊の音楽書《パレストリーナ・その生涯》、《ヴェルディ・書簡による自伝》の紹介を行う。また高田三郎氏の音楽作品のイタリア普及に尽力。二〇〇四年、ローマとパレストリーナ市に於いて、松本の翻訳によるイタリア語版合唱曲《水のいのち》（高野喜久雄作詩、高田三郎作曲）全曲の日伊合唱団による世界初演を実現させた。（日本からは、鈴木茂明氏の指揮する混声合唱団コーロ・ソフィアが参加、イタリアからは、ヴァレーリオ・テオファニ氏の指揮するイタリア著作権協会（SIAE）合唱団が参加）

一九九六年より、イタリア現代詩人の邦訳詩を日本の詩誌、《詩学》、《貝の火》に紹介。さらに日本現代詩のイタリア紹介を行う。二〇〇五年、ヨーロッパを代表する著名な詩誌《POESIA》からの要請を受け、その『二十世紀世界詩人特集号』において、日本の詩人を紹介。特に注目されるのは、イタリア最大の出版社、ミラノのモンダドーリ社刊行の「オスカー・モンダドーリ二十世紀叢書」に収載された、高野喜久雄氏の詩撰集《遠くの空で》は、イタリア国内の主要新聞、文学誌、詩誌などで大々的に取り扱われ、非常に高い評価を受けて、二〇〇五年、高野氏は「ベルトルッチ国際詩人賞」を受賞するに至った。

一九九七年、自作歌曲のリサイタルを東京で開催。その演奏会評で『……詩の強烈な内容は心の最深部で受け止められ、言葉と音の結びつきの自然な歌に昇華され……』（《音楽の友》誌掲載、林田直樹氏著）と好評を得、さらにパレストリーナ研究の世界的権威者、リーノ・ビヤンキ教授が『独創的で、しかも新鮮』と評した歌曲作品は、イタリアの聴衆に共感を持って迎えられ、イタリア各地で演奏されている。二〇〇八年秋、東京の津田ホールに於いて、現歌壇で活躍中の春日真木子氏の短歌に作曲した、女声合唱のための組曲《春日真木子短歌抄》が、鈴木茂明氏の指揮で、女声合唱団コーロ・コスモスが初演を行い、好評を得る。

イタリア著作権協会（SIAE）『歌曲部門』会員。ローマ在住

主な翻訳書

《水のいのち》日伊対訳・高野喜久雄詩撰集（マッシモ・ジャンノッタ監修）
ローマ、エンピリーア社、一九九六年刊行

《パレストリーナ・その生涯》リーノ・ビヤンキ著（金澤正剛監修）
東京、カワイ出版、一九九九年刊行

《底のない釣瓶》日伊対訳・高野喜久雄詩撰集（パオロ・ラガッツィ監修）
ローマ、ピアッツォラ財団、一九九九年刊行

《六体の石の御仏》日伊対訳・日本現代詩アンソロジー　ローマ、エンピリーア社、二〇〇〇年刊行

《ヴェルディ・書簡による自伝》アルド・オーベルドルフェル編著、マルチェッロ・コナーティ校閲
東京、カワイ出版、二〇〇一年刊行

《遠くの空で》高野喜久雄詩撰集　―オスカー・モンダドーリ二十世紀叢書―（パオロ・ラガッツィ監修）
ミラノ、モンダドーリ社、二〇〇三年刊行

《水のいのち》（高野喜久雄作詩、高田三郎作曲）イタリア語版楽譜
東京、コーロ・ソフィア、二〇〇四年刊行

《オラトリオの起源と歴史》リーノ・ビヤンキ著（金澤正剛監修）
東京、カワイ出版、二〇〇五年刊行

《眩暈》日伊対訳・日本現代詩アンソロジー
ローマ、エンピリーア社、二〇〇五年刊行

《燃え上がる不在》日伊対訳・高野喜久雄詩撰集（レナート・ミノーレ監修）

ヴェニス、エディツィオーニ・レオーネ社、二〇〇五年刊行

作曲集

《蓮の花》松本康子歌曲集

ブレーシャ、エウフォニア社、二〇〇四年刊行

著書

《日本を愛して五十五年》（ガブリエール・ブドローの歩み）

東京、カワイ出版、二〇〇七年刊行

編訳者後記

昨夏、パルマ県庁から招かれて、ベルトルッチ家に縁の深い、アッペンニン山脈中腹の標高一千メートルの高さにある、カザローラの山村に初めて訪れた。県庁主催の『ベルトルッチの詩の創られた場所』を訪ねながら、彼の詩の朗読を参加者と共に聴く、という実に風情豊かな文化的催し物が行われた。私が招待された理由は、拙訳によるベルトルッチの邦訳詩を朗読することであった。

カザローラに着くと、透明な青空と清澄な空気に生き返ったような感覚に浸った。先ず、ベルトルッチ家へ立ち寄り、息子のジュゼッペ氏夫妻から家の中を案内して頂き、祖先から大切に継承されてきた、彼等の古い建物を出た時、多くのバスが到着しているのに気付き、参加者の多いことが直ぐに判明した。

山の方へと一行は歩き始め、直ぐに鬱蒼とした木々に囲まれた細い山路に入り、暫くの歩行後、突然、陽射しで明るい場所を前方に見た時、騒がしい水音が聴こえてきた。まさに此処こそ、本書に所収される作品〈奔流〉の創られた場所である。

一行は谷川の橋の上に立ち止まり、イタリア語での〈奔流〉の朗読を聴き、それから日本語の訳詩を私が朗読した。生憎暗記していなかったので、紙を見ながら高らかに詠み終え、顔を上げた瞬間、大変な拍手が起こったので驚いた。私の知らぬ間に、多くの人々が私の周囲を取り囲み、日本語からも彼等は、何かを強く感じた様子を明らかに表示したからであった。この日の素晴らしい経験は、ベルトルッチ作品へのさらなる愛着心を深め、彼の人生と作品を収めた一冊を日本へ紹介したい念いに捉われた。それで先ず、その紹介方法を熟考し、それに相応しい資料を検討し始めた。

何よりも詩人の人物像が鮮明に浮かび上がるような内容のものを望んだ。だが、適当な資料を見つけるのに難渋し、今年の二月に入り、そのことを、ミラノ在住のベルトルッチ研究の大家、ラガッツィ氏に電話で率直に相談した。すると、彼が一九九五年に取材したベルトルッチのインタビューを収載した彼の著書を直ぐに、その一案として提案して下さった。だが、その書籍は既に絶版となっている。それで、その本のコピーを郵送して下さった。彼の著書《ふと、思い出しながら》こそ、まさに私が意図していた《ベルトルッチ・その人生と作品》構成に最適な資料であった。

本書では第一章で、詩人と彼の友人間で取り交わされた書簡を通して、そのありのままの人生が語られ、第二章以降は、「インタビュー」から一般読者に解り易い話題を選択、彼等の会話の中で話題に上がる多くの詩を挿入しながら、読者の皆さまが、親近感を持って、ベルトルッチの作品を読んで頂けるように工夫した。詩人が屈託なく話す口調から、自然に彼の人柄が滲みでて、詩人の生の声が私たちの許にまで伝わってくるよう、と願いを込め、翻訳、編纂を行なった。

昨夏の、あの感動的な山歩きの日から約一年が経過した。あの日、心の片隅に抱いた小さな願いが実現へ至ったことは、何よりも嬉しいことである。

日本人読者にメッセージをお寄せ頂いた、アッティーリョ・ベルトルッチの二人のご子息、著名な映画監督のベルナルド・ベルトルッチ氏、ジュゼッペ・ベルトルッチ氏兄弟をはじめ、本書実現にご協力頂いたパオロ・ラガッツィ氏、音楽家のセルジョ・アッレグリーニ氏、また本書刊行でお世話になった、思潮社の皆さまに心から御礼申し上げたい。

二〇〇九年六月、ローマにて　　松本康子

参考文献　Bibliografia

Attilio Bertolucci “OPERE”, a cura di Paolo Lagazzi in collaborazione con Gabriella Palli Baroni, Milano, Mondadori, (I Meridiani), 1997

“All'improvviso ricordando”. Conversazioni, Attilio Bertolucci Paolo Lagazzi. Le note al testo sono di Paolo Lagazzi, 1997 Ugo Guanda Editore S.p.A.

Grande Enciclopedia Universale De Agostini, Novara, 20 volumi

本書出版にあたり、イタリア外務省より翻訳出版助成金を受けた。

パルマの光

アッティーリョ・ベルトルッチ――その人生と作品

著者　パオロ・ラガッツィ
編訳者　松本康子
発行者　小田久郎
発行所　株式会社　思潮社
〒一六二―〇八四二　東京都新宿区市谷砂土原町三―一五
電話〇三〈三二六七〉八一五三〈営業〉・八一四一〈編集〉
FAX〇三〈三二六七〉八一四二
印刷所　三報社印刷
製本所　川島製本所
発行日　二〇〇九年十一月十六日